einfach lesen!

Ghost
Jede Menge Leben

Ein Leseprojekt
zum Jugendbuch
von Jason Reynolds
aus dem Englischen von Anja Hansen-Schmidt

erarbeitet von
Michaela Timberlake

Illustrationen von
Jaroslav Schwarzstein

Cornelsen

einfach lesen!

Redaktion: Annabella Köhrsen
Umschlaggestaltung: Corinna Babylon, Berlin
Layoutkonzept: klein & halm, Berlin
Layout und technische Umsetzung: PER MEDIEN & MARKETING GmbH

www.cornelsen.de

1. Auflage, 1. Druck 2024

Alle Drucke dieser Auflage sind inhaltlich unverändert und können im Unterricht nebeneinander verwendet werden.

Druck: H. Heenemann, Berlin

ISBN 978-3-06-061081-5

PEFC
PEFC/04-31-1156

PEFC zertifiziert
Dieses Produkt stammt aus nachhaltig bewirtschafteten Wäldern und kontrollierten Quellen.

www.pefc.de

Inhaltsverzeichnis

Partnerarbeit

Gruppenarbeit

Klassengespräch

Audio Höre den Text in der **App**.

Kapitel 1: Weltrekorde

Audio

„Lass mich raten, du willst Sonnenblumenkerne“, ruft mir Mr. Charles [sprich: Mister Tscharls] in seinem Laden entgegen. Mr. Charles kassiert von mir jeden Tag in der Woche einen Dollar für Sonnenblumenkerne, seit … so ungefähr seit der vierten Klasse, als Mom angefangen hat, im Krankenhaus zu arbeiten. Also seit etwa drei Jahren.

Vermutlich halte ich den Weltrekord im Sonnenblumenkerne-Essen. Und vermutlich halte ich auch den Weltrekord darin, die meisten Weltrekorde zu kennen. Denn Mr. Charles hat mir das *Guinnessbuch* [Ginnesbuch] *der Rekorde* geschenkt. Er meinte, dass ich eines Tages selbst mal einen Rekord aufstellen kann. Einen richtigen Rekord. Einer von den besten Menschen der Welt in irgendwas sein. Mal sehen. „Lassen Sie mich raten. Einen Dollar.“ Das ist meine Antwort. Die ich schon Millionen Mal gesagt habe. Danach gehe ich zur Bushaltestelle.

Es ist die Haltestelle direkt gegenüber vom Fitnesscenter. Da sitze ich dann mit den anderen Leuten herum, die auf den Bus warten. Eigentlich warte ich nicht wirklich auf ihn. Der Bus bringt einen schnell nach Hause und das will ich ja gerade nicht. Ich bin da, weil ich zuschauen will, wie die Leute Sport machen. Das Fitnesscenter hat nämlich große Fenster. Und das Beste daran ist, dass ich meine Sonnenblumenkerne essen kann wie Popcorn, während ich dort sitze.

Mein Dad [Däd] hat früher auch immer Sonnenblumenkerne gegessen. Von ihm hab ich das. Es war vor drei Jahren, da ist mein Dad ausgerastet. Nachdem der Schnaps ihn noch böser gemacht hat. Jeden zweiten Abend ist er zu einem anderen Menschen geworden. Aber an dem Abend wollte sich meine Mutter endlich wehren. Und dann ist alles noch viel schlimmer geworden. Ich hatte den Kopf zwischen Matratze und Kissen gesteckt, wie immer, wenn sie gestritten haben.

Da ist meine Mutter in mein Zimmer gerannt. „Wir müssen abhauen“, hat sie gesagt und die Decke von meinem Bett gerissen. Und als ich nicht schnell genug war, hat sie geschrien: „Mach schon!“ Dann hat sie mich durch den Flur gezerrt und ich bin über meine Füße gestolpert. Und da hab ich mich umgedreht und hab meinen Dad gesehen. Er kam aus dem Schlafzimmer, mit blutigen Lippen und einer Pistole in der Hand.

Dann das Geräusch von einer Pistole, die entsichert wird. Das Geräusch einer Tür. Und in dem Moment, wo Mom die Tür aufstieß, hat mein Dad abgedrückt. Er hat auf uns geschossen! Mein Vater ... auf UNS! Seine Frau und seinen Sohn! Ich hab mich nicht umgedreht, um zu sehen, was er getroffen hat. Ich hatte solche Angst, dass er mich erwischt haben könnte. Oder Mom. Der Knall war schrill und laut. So laut, dass ich das Gefühl hatte, mein Kopf würde explodieren, so laut, dass mein Herz aussetzte.

Mom und ich sind weitergerannt, die Treppe runter auf die Straße und durch die Dunkelheit gerannt. Wir sind gerannt und gerannt und gerannt. Bis wir endlich zu dem Laden von Mr. Charles gekommen sind, der zu unserem Glück den ganzen Abend geöffnet hat.

Mr. Charles warf nur einen Blick auf uns, wie wir atemlos, weinend und barfuß in unseren Schlafanzügen vor ihm standen. Dann hat er uns in seinem Lagerraum versteckt und die Polizei gerufen.

Seitdem hab ich meinen Dad nicht mehr gesehen.

Die Polizisten berichteten, dass er auf der Treppe vor dem Haus saß, mit nacktem Oberkörper, die Pistole neben sich. Und dass er Bier trank und Sonnenblumenkerne aß und wartete.

Als wollte er erwischt werden. Sie haben ihn zu zehn Jahren Gefängnis verurteilt. Um ehrlich zu sein, ich weiß ich nicht, ob ich darüber froh bin oder nicht. Manchmal wünsche ich mir, dass er für immer im Gefängnis bleiben würde. Aber dann wünsche ich mir wieder, dass er zu Hause auf dem Sofa sitzen und ein Basketballspiel anschauen und Sonnenblumenkerne essen würde. Aber eins ist jedenfalls sicher: In der Nacht hab ich gelernt, wie man rennt.

Als ich keine Lust mehr hatte, den Leuten im Fitnesscenter zuzuschauen, bin ich zum Sportplatz rüber. Ich wollte die ganzen Kids sehen, wie sie trainiert haben. Für mich ist Rennen nichts, was ich jemals trainieren müsste. Es ist einfach etwas, das ich kann.

Fortsetzung folgt

1. Die Geschichte wird von einem Jungen erzählt, der sich selbst Ghost [Gohst] nennt. Er erzählt in der Ich-Form. Du erfährst also nur aus seiner Sicht, was er denkt oder fühlt.
   a) **Ghost** ist ein englisches Wort. Was bedeutet es? Sieh im Internet oder in einem Wörterbuch nach. Schreibe die Bedeutung hier auf.

   ____.

   b) Worüber hast du im Text etwas erfahren? Kreuze an.

Informationen über Ghost	**ja**	**nein**
das Aussehen	☐	☐
der Spitzname	☐	☐
die Mutter	☐	☐
der Vater	☐	☐
das Land, in dem er lebt	☐	☐
was er gerne liest	☐	☐
was er gerne spielt	☐	☐
was er gerne isst	☐	☐

2. Die Geschichte spielt in Amerika. Beantworte die Fragen. Tipp: Sieh im Internet nach.
   - Wie heißt das Geld in Amerika? ______________
   - Wie viel kosten die Sonnenblumenkerne in Euro?

   ____

3. **Ghost interessiert sich für Weltrekorde. Das sind die besten Leistungen auf der ganzen Welt. Lies die Fragen und markiere die Antworten im Text.**
   - Welche Rekorde meint Ghost zu haben?
   - Was meint Mr. Charles?

4. **Ghost ist nach der Schule an verschiedenen Orten. Wohin geht er? Schreibe neben die Bilder.**

in den ____________________

zu der ____________________

zu dem ____________________

5. **Seht euch im Internet Videos über Weltrekorde an. Welche findet ihr interessant? Schreibt zwei Lieblings-Rekorde auf.**

____

____

____

Haltepunkt: gemeinsam arbeiten

1. Ihr habt das erste Kapitel vom Buch **Ghost** gelesen. Was wisst ihr über den Jungen, der die Geschichte erzählt? Tipp: Seht euch auch das Buchcover an. Erstellt einen Steckbrief. Schreibt auf ein Plakat.

   Spitzname: Ghost

   ...

2. Was habt ihr über die Eltern von Ghost erfahren? Schreibt Stichpunkte auf.

   - Die Mutter:

     Ghost nennt sie Mom,

   - Der Vater:

3. Ghost fährt nach der Schule nicht sofort nach Hause. Warum? Sprecht darüber.

4. Der Vater von Ghost ist zu Hause oft gewalttätig.

a) Was bedeutet das? Lest gemeinsam den Sachtext.

Häusliche Gewalt

Gewalt, die zu Hause passiert, **kommt oft vor**. So gibt es in Deutschland alle zwei Minuten häusliche Gewalt. Meistens werden **Frauen Opfer von Gewalt**. Aber auch **Männer, ältere Menschen** oder **Kinder können** davon **betroffen sein**. Es gibt zwei **Formen von Gewalt**: **die körperliche Gewalt**, wie zum Beispiel Schläge, und **die versteckte Gewalt**, wie zum Beispiel Beleidigungen und Drohungen. Gewalt kann **bestraft** werden. **Für Kinder** hat **Gewalt schwere Folgen**. Sie fühlen sich hilflos, wenn sie Gewalt beobachten, oder sie werden selbst Opfer von Gewalt. Gleichzeitig **lernen** sie, dass Gewalt eine Möglichkeit ist, mit Menschen umzugehen. Manchmal werden Kinder dann als Erwachsene selbst gewalttätig.

b) Schreibt die Fragen und die Antworten in euer Heft:

- Was ist häusliche Gewalt?
- Wer ist von häuslicher Gewalt betroffen?
- Welche Formen von Gewalt gibt es?
- Wie wirkt sich Gewalt auf Kinder aus?

c) Was könnt ihr tun, wenn ihr selbst Gewalt erlebt oder bei anderen mitbekommt? Sucht Informationen im Internet. Die Wörter können helfen.

die Polizei – die Lehrerin / der Lehrer – die Nachbarn – eine Telefonberatung

5. An einem Abend passiert etwas Schlimmes.
Deshalb flüchtet Ghost mit seiner Mutter in den Laden von Mr. Charles.

a) Mr. Charles ruft die Polizei.
Schreibt das Telefongespräch in euer Heft.

- Was sagt Mr. Charles?
- Welche Fragen könnte eine Polizistin oder ein Polizist stellen?

Mr. Charles ruft die Polizei
Mr. Charles: Mein Name ist ...
Polizistin: ...

b) Spielt das Gespräch vor. Ihr könnt es auch vorlesen.

6. Der Vater von Ghost wird verhaftet.
Eine Reporterin soll über das Verbrechen einen Bericht für die Zeitung schreiben.

a) Was ist der Reihe nach passiert? Schreibt mithilfe der Wortgruppen Stichpunkte in euer Heft.

> ein Vater – auf Mutter und Sohn geschossen –
> Mutter und Sohn flüchteten – Vater saß vor dem Haus –
> Vater wurde verhaftet

b) Überlegt euch eine passende Überschrift für den Zeitungsbericht. Schreibt sie in euer Heft.

c) Schreibt den vollständigen Bericht für die Zeitung in euer Heft.

d) Lest den Bericht den anderen vor.

Kapitel 2: Weltrekord für den kürzesten Testlauf aller Zeiten

Zuerst hab ich nur durch das offene Tor zugeschaut. Ich wollte eigentlich weitergehen. Aber dann hab ich gesehen, dass da noch andere Leute dem Training zugeschaut haben. Mütter und so. Deshalb hab ich mich auf eine der anderen Bänke gehockt. Meine Schule hat kein Laufteam. Aber selbst wenn sie eins hätte, wäre ich nicht zum Probetraining gegangen. Ich finde Basketball besser.

„Okay, jetzt ein paar Knieheber!“, hat der Trainer befohlen. Er war klein und hatte eine Glatze. Er sah aus wie eine Schildkröte. Eine Schildkröte mit einem abgebrochenen Zahn und einem Ring im Ohr, die eine schwarze Pfeife um den Hals hängen hatte.

„Hoch mit den Knien!“

Auf der Aschenbahn folgten ein paar Hampelmänner und ein paar Aufwärmrunden um die Bahn. Das fand ich eine ziemlich dämliche Idee. Ich meine, warum sollte man rennen, um sich aufzuwärmen? Dann ist man ja müde, noch bevor das Rennen losgeht. So ein Schwachsinn.

Dann haben sich alle Läufer um den Mann mit dem Schildkrötengesicht versammelt.

„Alle“, sagte er, „die auf dieser Bahn stehen, gehören entweder schon zu den Defenders [Difenders]. Oder sie wurden gefragt, ob sie sich dem Team anschließen wollen. Das bedeutet, dass ihr zu einer der besten Jugendmannschaften der Stadt gehört. Wir sind das Team, wo die besten Highschools [Heiskuls] nach Talenten suchen. Und ratet, was passiert, wenn ihr auf eine Highschool geht und in einer guten Mannschaft gute Leistungen zeigt? Dann schafft ihr es vielleicht sogar mit einem Stipendium aufs College [Kolitsch].“

Der Trainer schaute auf seine Liste. „Mal sehen, was wir mit euch Neuen heute machen. Lu, Patina [Pätina], Sunny [Sanni], ihr lauft alle 100 Meter!“

Lu war der Erste. Er sah richtig merkwürdig aus. Ich kann sein Aussehen nicht richtig beschreiben. Seine Haut war weiß. Also, so richtig weiß. Aber sein Gesicht sah aus wie das von einem Schwarzen.

Er hatte ein supercooles Outfit [Autfit] an. Neue Nike [Neiki]-Laufschuhe und einen hautengen Ganzkörperanzug. Fast wie ein Superheld. Er trug ein Stirnband und hatte eine Goldkette um den Hals und glitzernde Ohrstecker. Alle anderen Läufer sahen zu. Der Trainer hielt in einer Hand eine Stoppuhr. Dann pfiff er. Der Typ war wirklich richtig schnell. Ich war erstaunt.

„Gut gemacht“, hat der Trainer gesagt.

Als Nächstes war der große Junge an der Reihe, den der Trainer Sunny genannt hatte. Um ehrlich zu sein, sah er nicht so aus, als könnte er überhaupt eine gerade Linie laufen. Sunny stellte sich an die Startlinie, schloss die Augen und atmete tief durch. Dann blies der Trainer in seine Pfeife und Sunny rannte los. Ich hab gemerkt, dass er sich wirklich richtig anstrengt, aber er lief, als würden seine Schuhe eine Tonne wiegen. Niemand jubelte ihm zu und ein paar von den anderen lachten sogar.

„Wir werden ja sehen, wer lacht, wenn wir später Langstrecke laufen“, rief der Trainer. Sunny stellte sich wieder zu den anderen. Es schien ihm gar nichts auszumachen, dass er langsamer gelaufen war. Meine Mutter hätte ihn überholen können.

Der Trainer hat Sunny zugenickt und gesagt: „Patina, du bist dran.“

Diese Patina war groß, sie hüpfte auf und ab und ließ Hals und Schultern rollen. Sie trug einen Pferdeschwanz. Als der Trainer in seine Pfeife blies, rannte Patina wie ein Blitz los, viel schneller als Sunny, aber nicht so schnell wie Lu. Trotzdem war ich erstaunt. Ich kenne nicht viele Mädchen, die so schnell rennen können.

„Vor diesem Mädchen solltet ihr euch in Acht nehmen. Sie rennt die 800 Meter, als wäre es nur ein kleiner Hüpfer über die Straße“, hat der Trainer gesagt und Patina abgeklatscht.
Wenn mir jemand so ein Kompliment machen würde, müsste ich sehr aufpassen, nicht breit zu grinsen. Aber Patina blieb ganz cool und stellte sich wieder in die Reihe.
Dann sind auch noch die anderen aus der Mannschaft gelaufen, aber keiner war schneller als dieser Lu.

Dann konnte jeder ein zweites Mal rennen. Lu war auch noch mal dran. Er hat die Beine gedehnt und ist auf und ab gehüpft. Da wollte ich ihm mal zeigen, dass er doch nicht so toll war. Ich stellte mich neben ihn auf die Wiese. Ich musste nur schnell meine Jeans und die Ärmel vom T-Shirt hochkrempeln und die Schnürsenkel in meine Turnschuhe stecken, dann war ich bereit.
Schildkrötengesicht bemerkte mich und rief: „Junge, was machst du da? Die Testläufe waren letzte Woche.“
„Mann, die Bahn ist für Sportler, nicht für so Möchtegern-Läufer wie du“, meldete sich Lu. Der Trainer funkelte mich böse an.
„Hör zu, du hast einen Lauf, kapiert? Danach will ich dich hier nie mehr sehen“, drohte er.
Lu sah mich kopfschüttelnd an. „Dich mach ich fertig!“, sagte er.

Der Trainer pfiff. Ich weiß nicht, was ich beim Laufen gedacht hab. Wahrscheinlich hab ich an gar nichts gedacht. Ich bin einfach nur gerannt. Meine Knöchel schlackerten lose in meinen Turnschuhen rum.

Meine Jeans waren steif und viel zu heiß. Und dann war es vorbei. Und alle starrten uns an. Die anderen Läufer haben geklatscht und gejubelt und auf uns gezeigt. „Ich weiß nicht, wer gewonnen hat. Das war verdammt knapp.“ Bei diesen Worten sah der Trainer aus, als hätte er in eine Zitrone gebissen. Ich bin zu meiner Bank, hab meinen Rucksack geschnappt. Ich wollte meinen Teil der Abmachung einlösen, indem ich mich davonmachte. Ich hatte es denen gezeigt. Ich hatte ja keine Lust, mich ihrem kleinen Club anzuschließen. Ich hatte nur beweisen wollen, dass der mit seinen coolen Klamotten nicht so toll war, wie sie alle dachten.

Fortsetzung folgt

1. Ghost geht durch ein Tor auf einen Sportplatz.
   Wie sieht ein Sportplatz aus?
   a) Sieh dir das Bild an.
   b) Ergänze die fehlenden Beschriftungen.
   Tipp: Lies nach in Zeile 15 und Zeile 51.

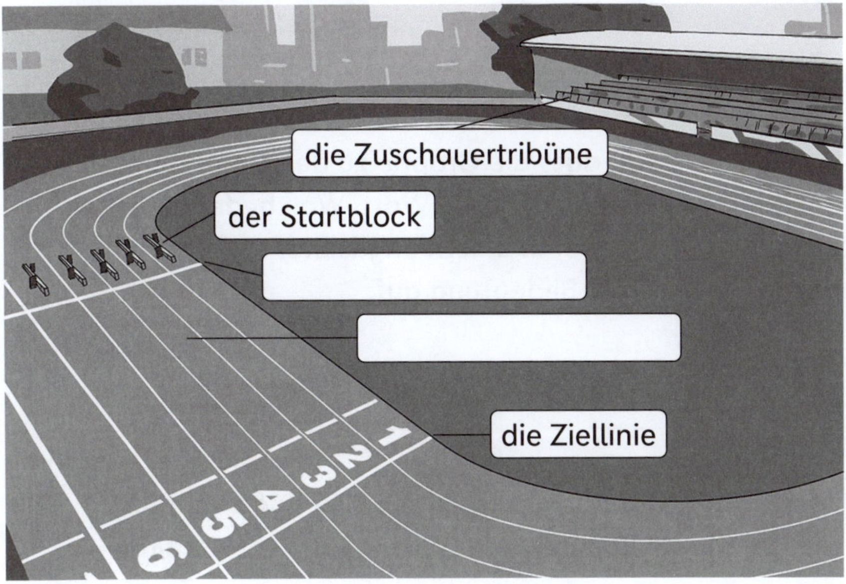

2. Die Gruppe auf dem Sportplatz macht
   ein paar **Aufwärmrunden**. Was bedeutet das?
   a) Lies den Sachtext oder höre ihn dir an. Audio

Aufwärmübungen

Vor dem Sport ist es wichtig, sich **aufzuwärmen**. Dafür gibt es viele verschiedene **Übungen**. Bei den Aufwärmübungen werden die **Muskeln gedehnt** und **besser durchblutet**. So kann man **Verletzungen vermeiden**.

b) Welche Übungen zum Aufwärmen werden in der Geschichte genannt? Schreibe auf.

1. ______________________

2. ______________________

3. ______________________

3. Der Trainer sagt, dass die Gruppe zu den **Defenders** gehört. Das ist ein englisches Wort. Was bedeutet es? Sieh im Internet oder in einem englischen Wörterbuch nach. Schreibe die Bedeutung auf.

____

____

4. Der Trainer sagt auch, dass gute Leistungen im Sport wichtig für die Zukunft sind. Was erklärt er? Verbinde.

die Talentsuche in der Highschool	Wenn man gute Leistungen in der Highschool zeigt, kann man später Geld für ein Studium zur Unterstützung erhalten.
ein Stipendium fürs College	Highschools suchen in den Sportmannschaften Jugendliche mit guten Leistungen, um sie zu fördern.

5. Bei dem Training sind drei Neue. Was erfährst du über sie? Schreibe jeweils drei Stichpunkte auf.

Lu

Sunny

Patina

6. Ghost läuft mit Lu um die Wette.
Wer trägt welche Kleidung? Schreibe in die Tabelle.

Lu	Ghost

7. Ghost will gegen Lu laufen. Warum? Sprecht darüber.

Kapitel 3: Weltrekord im Nein-Sagen

„Junge.“ Ich hab die Schritte des Trainers hinter mir gehört. Ich versuchte immer noch, wieder normal zu atmen. „Junge, warte. Warte doch“, sagte er und rannte neben mir her. „Für wen läufst du?“, fragte er. Wie bitte? Für wen ich lief? Was war denn das für eine Frage?

„Ich laufe für mich. Für wen sonst?“, hab ich gesagt und bin stehen geblieben.

„Nein, ich meine, für welche Mannschaft?“

„Für keine Mannschaft.“

„Und wer hat dich trainiert? Jemand muss mit dir trainiert haben, wenn du so schnell bist.“

„Niemand. Ich kann einfach rennen.“

„Wie heißt du?“

„Castle Cranshaw“ [Kaßel Kränscho], sagte ich und dann gleich: „Aber alle nennen mich Ghost.“ Mit allen meinte ich eigentlich: niemand außer mir. Das war mein selbst erfundener Spitzname für mich. Na ja, so halb selbst erfunden. In der Nacht, in der Mom und ich in den Laden von Mr. Charles gestürmt kamen, hat er uns angeschaut, als wären wir zwei Gespenster. Wahrscheinlich, weil wir so verängstigt ausgesehen haben. Seitdem hab ich angefangen, mich Ghost zu nennen.

„Okay ... äh ... Ghost. Ich bin Mr. Brody und Trainer von dieser Mannschaft.“ Wir schüttelten uns die Hände.

„Hör mal, ich kenne dich nicht. Aber ich weiß, dass du echt was draufhast. Wenigstens vermute ich das. Wie sieht’s aus, willst du zu den Defenders kommen und mit uns trainieren?“

Darüber brauchte ich nicht mal nachdenken.

„Nö.“

„Nein?“ So wie der Trainer geguckt hat, war es wohl nicht üblich, dass jemand Nein sagte.

„Wieso nein? Warum nicht?“

„Selbst wenn ich in Ihre Mannschaft kommen wollte“, hab ich gesagt, „müsste ich zuerst meine Mutter fragen.

Die würde vermutlich sowieso Nein sagen, deshalb …“

„Dann frag ich sie“, unterbrach er mich.

„Das Training ist fast vorbei. Dann bring ich dich nach Hause. Und rede mit ihr. Einverstanden?“

Nein, nicht einverstanden. Nicht wirklich. Ich meine, ich und eine Laufmannschaft? Und wer war der Typ überhaupt? Ich hab ihm keinen Meter vertraut.

Andererseits hatte ich nicht wirklich was anderes vor. Deshalb dachte ich, dass es sich lohnen könnte, ihn mal genauer unter die Lupe zu nehmen.

Nach dem Training sind alle von den Jungs und Mädchen zu ihren Familien und Freunden und so gegangen, die auf sie warteten. Der Trainer redete noch ewig mit den ganzen Müttern und Vätern. Sie haben alle so getan, als würden sie sich richtig, richtig gut kennen. Wie eine Familie. Und das hat mich dann ein bisschen beruhigt. Weil Mütter bei Leuten, die mit ihren Kindern zu tun haben, immer sehr misstrauisch sind. Darum hab ich mich dann doch vom Trainer nach Hause fahren lassen.

Wir sind dann zu seinem Auto, das ein Taxi war.

„Haben Sie das geklaut?“, hab ich gefragt.

„Nein“, hat der Trainer gesagt. „Ich bin Trainer, weil mir das Spaß macht. Aber meine Miete kann ich davon nicht bezahlen. Vom Taxifahren aber schon.“

Er startete den Motor.

„Sag mir einfach, wo du wohnst“, sagte der Trainer.

Wo ich wohne. Wo ich wohne. Wenn mich jemand fragt, wo ich wohne, ist mir das immer ziemlich peinlich, weil die Leute einen so komisch behandeln, wenn sie herausfinden, dass man in einer bestimmten Gegend lebt.

Kapitel 3

Aber ich war daran gewöhnt, dass mich die Leute komisch behandelten. Wenn man Kleidung hat, die zwei Nummern zu groß ist, und keine Markenturnschuhe trägt. Und wenn man von der Mutter die Haare geschnitten bekommt und es auch so aussieht, dass die Mutter einem die Haare geschnitten hat. Dann ist man daran gewöhnt, dass die Leute blöd zu einem sind.

„In Glass Manor“ [Gläss Mänor], hab ich gesagt. „Wissen Sie, wo das ist?“

„Klar weiß ich, wo das ist.“

Meine Mom war sehr ernst, als der Trainer mit ihr sprach.

„Ich bin Mr. Brody. Ich bin der Trainer einer Laufmannschaft, die Defenders. Wussten Sie, dass Ihr Sohn richtig gut laufen kann? Und ich glaube, dass er richtig gut werden kann. Mit dem richtigen Training könnte er für seine Gegner ein ernstes Problem werden.“

„Das ist wirklich nett von Ihnen, aber lassen Sie mich dazu was sagen. Cas ist bereits ein ernstes Problem“, hat meine Mutter erklärt. „Und im Moment muss er sich auf die Schule konzentrieren, nicht auf den Sport.“

„Ich verstehe Sie sehr gut. Wie wär’s, wenn wir beide eine Vereinbarung treffen?“, fuhr er fort. „Wenn er in der Schule noch mal Mist baut, nur ein einziges Mal, fliegt er aus der Mannschaft!“

„Na ja, wenigstens weiß ich dann, wo er sich nach der Schule rumtreibt“, gab Mom nach.

Damit war alles klar. Zum ersten Mal in meinem Leben gehörte ich zu einer Mannschaft.

Fortsetzung folgt

1. **In diesem Kapitel erfährst du mehr über den Ich-Erzähler.**
   a) **Lies die Fragen.**
   b) **Markiere die Informationen zu den Fragen im Text.**
   c) **Schreibe die Seitenzahlen und die Zeilennummern auf.**
   d) **Beantworte dann die Fragen in eigenen Worten.**

- Wie heißt Ghost eigentlich?

Seite: ________ Zeile: ________

____

- Wer hat ihm den Spitznamen Ghost gegeben?

Seite: ________ Zeilen: ______________

____

- Was ist der Grund für diesen Spitznamen?

Seite: ________ Zeilen: ______________

____

____

____

- Wo wohnt Ghost?

Seite: ________ Zeile: ________

____

- Wie nennt die Mutter Ghost?

Seite: ________ Zeile: ________

____

2. Ghost wird vom Trainer angesprochen. Wie heißt er? Und wie heißt die Mannschaft, die er trainiert? Schreibe auf.

Der Trainer heißt Mr. ☐☐☐☐☐.

Der Name der Mannschaft ist

☐☐☐☐☐☐☐☐☐.

3. In diesem Kapitel geht es um das Nein-Sagen. Wer sagt zu wem Nein? Verbinde.

Ghost sagt Nein, weil	er besser in der Schule werden soll.
Der Trainer fragt erstaunt „Nein?“, weil	er sieht, dass Ghost Talent hat.
Die Mutter von Ghost sagt Nein, weil	seine Mutter das Training nicht erlauben wird.

4. Der Trainer schlägt vor, dass er Ghost nach Hause fährt und mit der Mutter spricht.

a) Ghost geht aber nicht gleich mit dem Trainer mit. Warum ist das klug? Sprecht darüber.

b) Was macht Ghost zuerst? Schreibe auf.

Kapitel 4: Weltrekord für die meisten Konflikte

Und wie lange habe ich keinen Mist gebaut? Ganze 17 Stunden und zwei Minuten. Zwei von diesen 17 Stunden hab ich damit verbracht, einen Liebesfilm mit meiner Mutter anzuschauen. Ich lege meine Decken auf den Wohnzimmerboden. Und da schlafe ich dann irgendwann ein. Sie legt sich aufs Sofa. In unseren Zimmern haben wir nicht mehr geschlafen seit … Dad.

Ich möchte irgendwie immer möglichst nah bei der Tür sein, falls wir nachts doch noch mal schnell wegrennen müssen. Und jetzt, wo ich älter bin, will ich auch lieber in Moms Nähe schlafen, damit ich sie beschützen kann.

In der Schule ging alles gut. Aber dann rempelte mich Brandon [Bruändn], der mich immer ärgert, in der Mensa an. „Den Mensafraß gab es bei euch doch erst gestern, oder?“, meinte er zu mir. Ich setzte mich an einen Tisch zu meinen beiden Freunden. Dann ist Brandon gekommen und hat sich an unseren Tisch gesetzt. Sonst saß er immer weiter weg. Er fragte meinen Freund: „Hey, warst du schon mal in Glass Manor? Oh Mann, die Leute, die da leben, sind alle total kaputt.“ Dann klaute er Monique [Munik], die neben ihm saß, Essen vom Teller. „Isst du heute wieder nur Pommes?“, meinte Brandon zu mir. Ich ignorierte ihn einfach. Ich saß vor meinem leeren Tablett und schüttelte meinen Kakao. In ein paar Minuten war die Mittagspause vorbei. Nur ein paar Minuten noch. Ich war schon so dicht dran, keinen Mist zu bauen. So dicht. Dann griff sich Brandon ein Hähnchenflügel von Moniques Tablett. „Hier, nimm.“ Und er warf das Teil nach mir. Es prallte gegen meine Brust und hinterließ sofort einen Riesen-Fettfleck auf meinem T-Shirt. Ich wischte es von meinem Schoß. Dann riss ich meine Kakaotüte auf, nahm einen Schluck und schleuderte sie dann mit voller Wucht auf Brandon. Er sprang von seinem Platz auf. Aber bevor er sich überhaupt bewegen konnte, hatte ich schon mein Tablett genommen und schlug damit auf ihn ein.

Der Direktor legte beide Hände auf den Tisch. „Du hast dir einen Schulausschluss eingefangen. Mal wieder.“

Verdammt. „Ich hab damit nicht angefangen. Brandon hat sich über mich lustig gemacht. Er hat immer weitergemacht. Über meine Mutter und über das Viertel, in dem wir wohnen. Was hätten Sie denn getan? Sind Sie noch nie so geärgert worden, dass Sie es nicht mehr aushalten konnten?“

Der Direktor legte das Gesicht in seine Hände, als würde er sich an einen Tag erinnern, wo es ihm auch so ergangen war.

„Um Brandon kümmere ich mich schon, aber du …“, sagte er. Seine Stimme klang ein wenig freundlicher. „Aber du, du musst dich echt zusammenreißen, Castle. Ich weiß, du hast viel durchgemacht, aber so kann es nicht weitergehen.“ Er stand von seinem Schreibtisch auf und kam nach vorne. „Diesmal bekommst du keinen Schulausschluss, aber für heute musst du nach Hause gehen.“

Ich konnte auf keinen Fall meine Mutter anrufen und ihr sagen, dass sie mich von der Schule abholen musste. Das ging einfach nicht. Ich war noch nicht mal richtig in der Mannschaft und würde schon wieder rausgeworfen werden. Ohne auch nur ein Mal beim Training dabei gewesen zu sein!

„Ich kann meine Mutter nicht anrufen, aber meinen Onkel.“ Ich kramte die Telefonnummer vom Trainer, die er mir gestern gegeben hatte, aus meinem Rucksack.

Der Trainer meldete sich. „Warum rufst du da mich an? Junge, du machst mich jetzt schon fix und fertig.“

Kapitel 4

Zum Glück dauerte es nicht lange, bis der Trainer den Gang entlangmarschiert kam. Er schaute mich genauso böse an wie der Direktor.

Im Auto fragte er: „Was ist passiert?“

„Da ist so ein Typ. Der macht sich immer über mich lustig. Und über Mom und Glass Manor, wo wir wohnen, und wie ich aussehe und so. Und heute konnte ich es einfach nicht mehr ertragen.“ Ich schaute den Trainer an. Er sah kurz zu mir, dann wieder auf die Straße. „Da hab ich ihn verprügelt.“

„Und? Kommst du dir jetzt wie ein richtig harter Typ vor?“, fragte der Trainer.

Ich überlegte. „Ich weiß nicht.“

„Lass mich raten“, sagte er. „Du gehörst zu den Jungs, die vor nichts und niemand Angst haben.“

„Das sage ich ja gar nicht. Ich hab schon mal Angst vor jemandem gehabt. So richtige Angst. Deshalb weiß ich auch, wie man so schnell rennt. Aber jetzt gibt es eigentlich nur eine Person, vor der ich Angst habe. Ich meine, ich weiß, dass ich manchmal Dinge tue, die nicht cool sind. Aber obwohl ich genau weiß, dass sie nicht cool sind, mach ich sie plötzlich trotzdem. Deshalb ... also, die einzige Person, vor der ich richtig Angst habe, das ... bin ich selbst.“

Der Trainer schaute ernst. „Das Problem daran ist nur: Vor dir selbst kannst du nicht davonrennen.“

Fortsetzung folgt

1. Lies dir die Überschrift auf Seite 28 durch.
Was ist ein Konflikt? Kreuze an.

Ein Konflikt zwischen zwei Menschen ist

☐ ein Gespräch. ☐ ein Streit. ☐ ein Kampf.

2. Ghost nimmt sich vor, in der Schule keine Probleme mehr zu bekommen. Wie lange hält er das durch?
Trage in die Stoppuhr die Stunden und die Minuten ein.

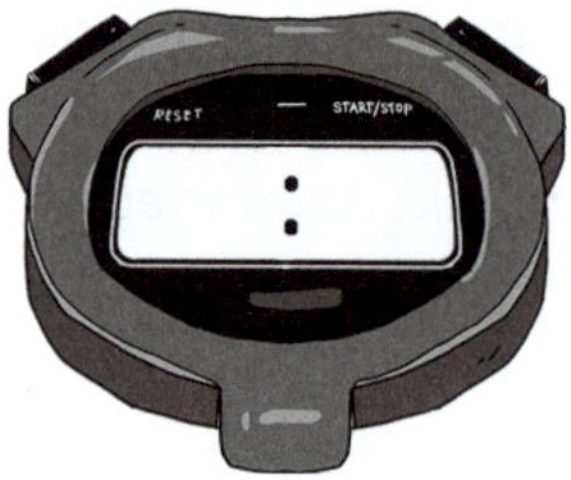

3. Ghost und seine Mutter schlafen nicht in ihren Zimmern.
a) Wo schlafen sie? Schreibe zwei vollständige Sätze auf.

Ghost / Seine Mutter	schläft	auf dem Sofa / auf dem Boden	im Wohnzimmer.

b) Warum schläft Ghost nicht in seinem Zimmer?
Markiere die Stelle im Text.

4. **Ghost hat einen Mitschüler, der ihn immer wieder ärgert.**
   a) **Wie heißt dieser Schüler? Schreibe den Namen auf.**

   b) **Wie ärgert er Ghost? Streiche die falschen Sätze durch.**

Er rempelt Ghost an.

Er nimmt ihm den Kakao weg.

Er macht sich über seine Haare lustig.

Er macht sich über das Stadtviertel lustig, in dem Ghost wohnt.

Er bewirft Ghost mit Pommes.

Er bewirft Ghost mit einem Hähnchenflügel.

5. **Ghost versucht, ruhig zu bleiben, als er geärgert wird. Welche Tipps würdest du ihm geben? Schreibe deine Ideen in die Sprechblase.**

6. Ghost muss aus der Schule abgeholt werden. Was macht er? Lies die Erklärung und ergänze richtig.

Ghost ruft ______________________ an.
seine Mutter / den Trainer / Mr. Charles

Denn er möchte nicht aus

______________________ geworfen werden.
dem Laden / der Mannschaft / der Mensa

Der Trainer ist fix und fertig, weil er sich schon

am ersten ______________ um Ghost kümmern muss.
Morgen / Tag / Abend

7. Der Trainer sagt einen wichtigen Satz zu Ghost.

a) Kannst du ihn lesen?

Vor dir selbst kannst du nicht davonrennen.

b) Schreibe den Satz richtig auf.

____

____

c) Was meint der Trainer damit? Kreuze an.

- ☐ Du kannst zu deiner Mutter rennen.
- ☐ Du kannst zu Mr. Charles rennen.
- ☐ Du kannst nicht vor deinen Problemen wegrennen.

8. Was sollte Ghost tun? Was meint ihr? Sprecht darüber.

Kapitel 5: Weltrekord für den schlimmsten Tag aller Zeiten

Audio

Ich weiß, das klingt jetzt so, als wäre es der beste Unterrichtsausschluss meines Lebens gewesen. Und das war es auch. Zumindest am Anfang. Ich konnte Brandon eine reinhauen – ich weiß, nicht cool, aber trotzdem! Dann durfte ich früher von der Schule weg mit meinem neuen Trainer, der ziemlich cool war. Und dann fuhren wir auch noch zum Sportplatz, weil ich jetzt zu seiner Mannschaft gehörte.

Ich fragte ihn nach dem Typen, von dem ich gelesen hatte, dass er der schnellste Mann aller Zeiten ist. Usain Bolt [Jusäin Bohlt]. Der Trainer hat auch alles über ihn gewusst.

„Usain ist neun-fünf-acht gerannt“, hat er erklärt.

„Und was bedeutet das?“, hab ich gefragt. Die Zahlen neun, fünf und acht sagten mir nicht wirklich was.

„Das war seine Zeit auf den 100 Metern. Neun Sekunden und 58 Millisekunden.“

„Aber so schnell ist das doch nicht“, hab ich gesagt.

„Meinst du?“, fragte der Trainer. Er lächelte hinterhältig. „Denkst du, dass du schneller bist?“

Das war der Moment, in dem sich der beste Tag aller Zeiten in den schlimmsten Tag verwandelte. Der Trainer befahl mir, in der gleichen Zeit zu rennen. Er stand an der Ziellinie mit seiner Pfeife im Mund. Ich krempelte meine Hose bis zu den Knien hoch. Ich rannte, so schnell ich konnte, die Bahn entlang. Ich fühlte mich gut. Ich wusste, dass ich es ihm gezeigt hatte.

„Viel zu langsam!“, schrie er. „Viel. Zu. Langsam. Du bist nur 12 Sekunden und fünf Millisekunden gelaufen.“

Und dann musste ich noch mal laufen. Noch mal und noch mal und noch mal. Jedes Mal kam ich ein bisschen langsamer ins Ziel. Nach dem fünften Mal konnte ich nicht mehr.

„Ich … brauche … eine … Pause“, keuchte ich. „Ich bin müde.“

„Müde?“, rief der Trainer. „Weißt du, wer wirklich müde ist, Sohn? Dein Schuldirektor.“

Dann fuhr er fort: „Nein, nein. Weißt du, wer wirklich müde ist? Deine Mutter. Sie ist so was von müde. Fix und fertig. Und sie wird noch müder sein, wenn sie von deinem Schulausschluss erfährt.“ Ich begriff, was los war. Ich wurde also doch bestraft. Auf die Weise wollte der Trainer mir klarmachen, dass ich aufhören sollte, in der Schule Mist zu bauen.

Er ließ mich noch zweimal laufen. Und dann musste ich auslaufen zum Abkühlen. Mittlerweile hatte ich entschieden, dass Laufen der dümmste Sport aller Zeiten war. Ich meine, man muss sich bewegen, um sich warm zu machen. Und dann muss man sich bewegen, um sich wieder abzukühlen?

Dann tauchten die anderen Läufer auf. Sie ließen ihre Sporttaschen und Wasserflaschen neben die Bahn fallen. Ein paar hatten Eltern dabei.

Und dann begann das Training. Der Trainer teilte die Gruppe nach den Spezialstrecken auf: Langstrecke, Mittelstrecke und Sprinter. Ich und Lu waren die Sprinter. (Ich hatte nicht mal gewusst, dass ich ein Sprinter war!) Und ratet mal, was wir trainiert haben? Genau – sprinten. Und wer war gerade schon wie verrückt gesprintet und durfte keine Pause machen? Ich.

In der Pause saß Lu neben mir.

„Was willst du eigentlich hier, Mann?“, hat er gefragt.

„Wie meinst du das?“, hab ich gesagt. „Das Gleiche wie du. Laufen.“

Lu hat mich angeschaut, als würde ich eine fremde Sprache sprechen. „Das nennst du Laufen?“, hat er fies gefragt. „Gestern warst du noch so schnell und cool.

Und heute humpelst du nur noch hinterher. Außerdem haben wir anderen alle Testläufe machen müssen, um zu beweisen, dass wir in die Mannschaft gehören. Und du kommst einfach auf den Sportplatz spaziert, als wärst du einer von uns."

Lu hat mich total wütend angestarrt. Ich hab versucht, cool zu bleiben. Ich wusste genau, wie die Strafe aussehen würde, wenn ich jetzt ausrastete.

„Bist du sauer wegen gestern? Ist das dein Problem? Weil ich gezeigt hab, dass du doch nicht so schnell bist?"

Ich musste so tun, als würde ich Lus Sportklamotten nicht total cool finden. Vor allem die Schuhe. Oh Mann, diese Schuhe! Sie waren leuchtend grün und sahen aus, als wären sie nur für ihn gemacht.

„Du hängst hier in den Klamotten von deinem Dad rum und tust so, als wärst du jemand, der du gar nicht bist."

Oh nein. Ich konnte meinen Ärger schon spüren.

„Was hast du über meinen Vater gesagt?", hab ich gefragt und den Kopf zur Seite gelegt.

„Ich sag nur, wenn du dir schon keine Trainingsklamotten leisten kannst, dann zieh dir wenigstens Hosen an, die passen. Und wo hast du deine Schuhe her? Aus dem Altkleider-Container?"

Zum Glück hat der Trainer uns alle zur Startlinie zurückgerufen. Ich hatte dem Typ überhaupt nichts getan. Und der denkt einfach, dass er auf mir rumhacken könnte. *Für wen hält der sich?*, hab ich gedacht. Was gab ihm das Recht, sich ohne Grund über mich lustig zu machen? Als wäre er was Besseres. Dabei war er es, bei dem Gott die Farbe vergessen hatte. Er war derjenige, der seltsam aussah.

Und dann sind wir gerannt. Ich wollte es ihm unbedingt zeigen. Aber beim letzten Lauf hab ich nicht gesehen, dass der eine Schuh aufgegangen war. Dann bin ich über meine Schnürsenkel gestolpert und hingefallen. Und beide Schuhe flogen weg. Alle schauten hin. Das war mir so peinlich.

„Alles in Ordnung?“, hat der Trainer gefragt. Und er schickte mich auf die Bank, bis alle ihre Sachen zusammenpackten.

„Rutsch mal rüber, Mann“, sagte da eine Mädchenstimme. Ich hob den Kopf und da war Patina. Aber alle nannten sie Patty [Pätti]. Sie setzte sich neben mich. Sie fing an, ihre Schuhe aufzumachen, die ebenfalls ziemlich cool waren. „Mach dir keinen Kopf wegen heute“, hat sie gesagt. „Du bist nicht der Erste, der auf die Nase fliegt.“

„Ich wollte besser sein, damit er endlich die Klappe hält.“

„Wer, Lu?“, hat sie gefragt. Ihre Stimme ist sofort ein bisschen fröhlicher geworden, als hätte ich einen Witz gemacht. „Ach, hör doch nicht auf den. Er ist nur sauer, weil er ein Albino ist. Seine Haut hat keine braune Farbe, obwohl seine Eltern ganz dunkelhäutig sind. Deshalb benimmt Lu sich so. Glaub mir, ich weiß das. Ich war früher mal mit ihm auf einer Schule. Er ist ständig geärgert worden, bis er mit dem Laufen angefangen hat. Übrigens haben die Kids ihn früher auch Ghost genannt“, erklärte Patty.

Sie hat zu einer weißen Frau rübergeschaut. Dann hat sie mich angeschaut und gesagt: „Falls du dich fragst, ob ich ein umgekehrter Albino bin oder so – ich bin adoptiert. Da ist also nichts Komisches dran, verstanden?“

Zu Hause nahm ich die Schere und setzte mich damit auf den Boden. Das war die Wahrheit: Ich war immer noch total wütend darüber, was auf dem Sportplatz passiert war. Ich schämte mich dafür. Deshalb nahm ich meinen linken Schuh und fing an, daran herumzuschneiden, bis der obere Teil meiner knöchelhohen Turnschuhe abgetrennt war.

Fortsetzung folgt

1. **Ghost fragt den Trainer nach dem schnellsten Läufer aller Zeiten. Wisst ihr etwas über Usain Bolt?**
   a) **Sucht Informationen im Internet.**
   b) **Seht euch Videos über Usain Bolt an.**
   c) **Erstellt einen Steckbrief. Schreibt auf ein Plakat.**

2. **Der Trainer sagt, dass Usain Bolt** neun-fünf-acht **gerannt ist. Was bedeutet das? Beantworte die Fragen.**
   - Wie schnell war Usain Bolt auf 100 Metern?

     _____ Sekunden und _____ Millisekunden
   - Wie lange braucht Ghost das erste Mal?

     _____ Sekunden und _____ Millisekunden
   - Wie viel langsamer ist Ghost? Rechne.

     _____ Sekunden und _____ Millisekunden
   - Wie lange brauchst du für 100 Meter?

     _____ Sekunden und _____ Millisekunden

3. **Ghost und der Trainer sprechen über Müdigkeit. Was meint Ghost, was sagt der Trainer? Kreuze an.**

   Ghost ist müde, weil
   - ☐ er zu wenig geschlafen hat.
   - ☐ er so viel laufen muss.

   Seine Mutter ist müde, weil
   - ☐ sie so viel arbeiten muss.
   - ☐ Ghost so viele Probleme macht.

4. **Ghost soll sich nach den Läufen auslaufen. Warum soll er das tun? Ergänze die Erklärung.**

Cool down [kul daun] – Herzschlag – Muskeln – Training

Es ist wichtig, sich nach dem ____________________

abzukühlen. Diesen Teil beim Training nennt man auch

____________________. Der ____________________ wird

wieder langsamer. Und die ____________________

entspannen sich. So erholt sich der Körper schneller.

5. **Der Trainer teilt die Gruppe nach Laufstrecken auf. Welche Strecke laufen Sprinter? Kreuze an.**

☐ Kurzstrecke ☐ Langstrecke

6. **Ghost erfährt etwas über Patty und Lu. Was? Ordne die Wörter den Erklärungen richtig zu.**

(die) Adoption – (der) Albinismus

Lu fehlt schon seit seiner Geburt Farbstoff in der Haut,

in den Augen und in den Haaren. Das nennt man

____________________.

Patty lebt nicht bei ihren eigenen Eltern.

Sie hat neue Eltern bekommen. Das nennt man

____________________.

Haltepunkt: gemeinsam arbeiten

1. Lu hat eine Krankheit, die sich Albinismus nennt.
   a) Sucht Informationen im Internet und schreibt Stichworte auf.
   b) Übertragt die Mindmap auf ein Plakat. Schreibt eure Informationen dazu.

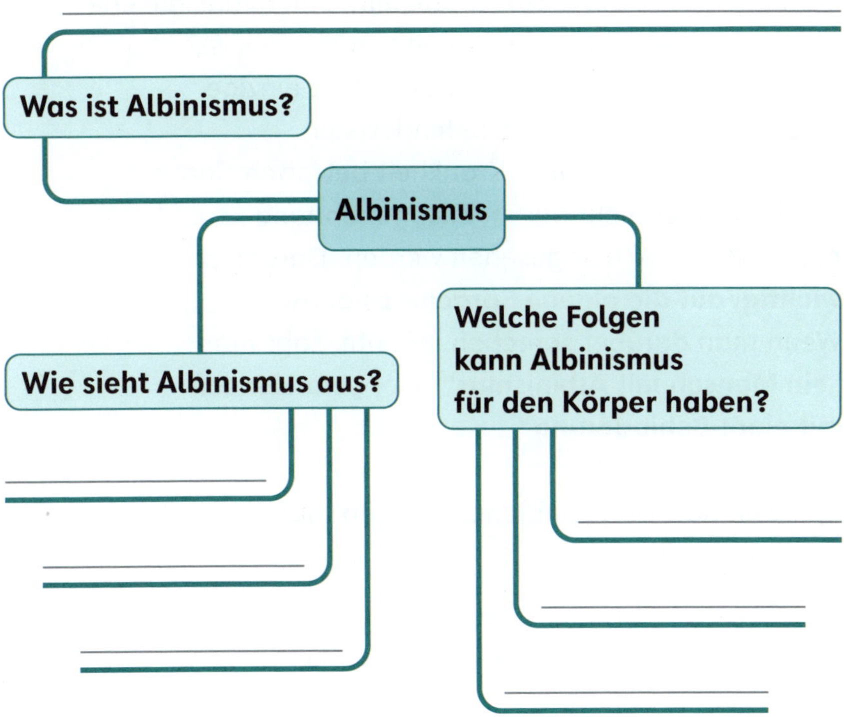

2. Hängt eure Mindmaps in der Klasse auf und macht einen „Museumsgang“.
   a) Jede Gruppe stellt ihre Mindmap kurz vor.
   b) Seht euch die Mindmaps noch einmal in Ruhe an.

3. Patty sagt, dass Lu ein „Albino“ ist.
   a) Lest im Sachtext, warum das für eine Person verletzend sein kann.

Abwertende Sprache vermeiden

Manche sagen zu einem **Menschen, der** an **Albinismus erkrankt** ist, „Albino“. Das bedeutet, dass **dieser Mensch nur mit einer einzigen Eigenschaft gesehen wird**: nur als Mensch mit dieser Krankheit. Genau das gleiche passiert, wenn man zu jemandem sagt: „Das ist die Behinderte.“ Auch hier wird nur eine einzige Eigenschaft gesehen: das Behindertsein. Menschen, die von einer Krankheit betroffen sind, möchten aber nicht nur im Zusammenhang mit dieser Krankheit gesehen werden. Darum ist es **wichtig, auf die eigene Sprache zu achten**. Wenn man darüber sprechen möchte, sagt man: **„ein Mensch mit Albinismus“** oder **„ein Mensch mit einer Behinderung“**.

   b) Fasst den Text in eigenen Worten mündlich zusammen.

   c) Manche Wörter verletzten andere Menschen. Fallen euch noch mehr Beispiele ein? Sprecht darüber.

4. Der Autor des Buches **Ghost** hat den Ausdruck „Albino“ verwendet. Wie findet ihr das? Sammelt Gründe dafür und dagegen.

einfach lesen!

Lösungen:
Ghost
Jede Menge Leben

Versuche immer erst, die Aufgabe selbst zu lösen.
Vergleiche dann dein Ergebnis mit den Lösungen und Lösungsvorschlägen in diesem Heft.

Lösungen und Lösungsvorschläge zu den Aufgaben von Kapitel 1: **1**

2200062063

1. a) englisch: Ghost = deutsch: **das Gespenst, der Geist**

b)

Informationen über Ghost	ja	nein
das Aussehen		☒
der Spitzname		☒
die Mutter	☒	
der Vater	☒	
das Land, in dem er lebt		☒
was er gerne liest		☒
was er gerne spielt		☒
was er gerne isst	☒	

2.
- Wie heißt das Geld in Amerika?
  Das Geld heißt **Dollar und Cent**.
- Wie viel kosten die Sonnenblumenkerne in Euro?
  Hier können wir dir keinen Lösungsvorschlag machen, da sich der Preis für einen Dollar in Euro oft täglich ändert.

3.
- Welche Rekorde meint Ghost zu haben?

Vermutlich halte ich den Weltrekord im Sonnenblumenkerne-Essen. Und vermutlich halte ich auch den Weltrekord darin, die meisten Weltrekorde zu kennen.

- Was meint Mr. Charles?

[...] Er meinte, dass ich eines Tages selbst mal einen Rekord aufstellen kann. Einen richtigen Rekord. Einer von den besten Menschen der Welt in irgendwas sein. Mal sehen.

4. Ghost geht ...
... in den **Laden von Mr. Charles.**
... zu der **Bushaltestelle.**
... zu dem **Sportplatz.**

5. Hier können wir euch keinen Lösungsvorschlag machen.

Lösungen und Lösungsvorschläge zu den Aufgaben im Haltepunkt

1. Diese Angaben könnte euer Steckbrief enthalten:
Spitzname: Ghost
Geschlecht: männlich
Hautfarbe: Schwarz
Alter: geschätzt um die 13 Jahre alt
Aussehen: schwarze, sehr kurze Haare, schlank, sportlich
isst gerne: Sonnenblumenkerne

2. Diese Stichpunkte könntet ihr aufgeschrieben haben:
- Die Mutter: Ghost nennt sie Mom, sie arbeitet im Krankenhaus, sie streitet sich viel mit dem Vater, eines Tages wehrt sie sich
- Der Vater: Ghost nennt ihn Dad, er isst gerne Sonnenblumenkerne, er trinkt viel Schnaps und wird dann immer böse

3. Darüber könntet ihr gesprochen haben:
Ghost geht nach der Schule nicht sofort nach Hause, weil er sich dort vielleicht allein fühlt. Außerdem hat er zu Hause schlechte Erinnerungen an eine bestimmte Nacht.

4. **a)** und **b)**
   - Was ist häusliche Gewalt?
     Das ist Gewalt, die zu Hause passiert.
   - Wer ist von häuslicher Gewalt betroffen?
     Meistens sind Frauen betroffen, aber auch Männer, ältere Menschen und Kinder.
   - Welche Formen von Gewalt gibt es?
     Es gibt körperliche Gewalt, wie zum Beispiel Schläge, und es gibt versteckte Gewalt, wie Beleidigungen oder Drohungen.
   - Wie wirkt sich Gewalt auf Kinder aus?
     Gewalt ist für Kinder schädlich. Sie fühlen sich hilflos oder werden manchmal später selbst gewalttätig.

   c) Darüber könntet ihr gesprochen haben:
   Das könnt ihr tun, wenn ihr Gewalt erlebt oder beobachtet:
   - eine Lehrerin, einen Lehrer oder Menschen aus eurer Nachbarschaft um Unterstützung bitten
   - euch auf der Internetseite der Polizei-Beratung informieren
   - eine Telefonberatung nutzen, zum Beispiel das Hilfetelefon, das es in ganz Deutschland gibt

5. **a)** Dieses Telefongespräch könntet ihr aufgeschrieben haben:
   Mr. Charles ruft die Polizei
   Mr. Charles: Mein Name ist Mr. Charles. Mir gehört ein kleiner Laden. Gerade sind zwei Personen zu mir geflüchtet. Auf sie ist geschossen worden.
   Polizistin: Wo sind Sie? Kennen Sie die beiden Personen?
   Mr. Charles: Meine Adresse ist ... Ja, ich kenne sie. Der Junge kommt oft bei mir vorbei. Und seine Mutter ist dabei.
   Polizistin: Wissen Sie, wer auf die beiden geschossen hat?
   Mr. Charles: Der Vater des Jungen hat auf die beiden geschossen.
   Polizistin: Ist der Vater in der Nähe?
   Mr. Charles: Nein.
   Polizistin: Dann schicke ich jetzt einen Streifenwagen zu Ihnen.

   b) Hier können wir euch keinen Lösungsvorschlag machen.

6. **a)** Hier können wir euch keinen weiteren Lösungsvorschlag machen.

b) und **c)** Diesen Zeitungsbericht könntet ihr aufgeschrieben haben:
Vater schießt auf Frau und Sohn
Gestern Abend kam es zu einem Streit zwischen einem Paar. Der angetrunkene Mann zog eine Pistole. Die Frau konnte den Sohn wecken. Als sie flohen, hat der Vater auf die Mutter und den Sohn geschossen. Zum Glück sind sie nicht getroffen worden. Die Mutter und der Sohn konnten in einen Laden in der Nähe flüchten. Der Ladenbesitzer rief die Polizei. Später suchte die Polizei den Mann. Er saß vor dem Haus und wurde verhaftet.

d) Hier können wir euch keinen Lösungsvorschlag machen.

Lösungen und Lösungsvorschläge zu den Aufgaben von Kapitel 2: **2**

1. **a)** und **b)** Diese Wörter solltest du ergänzt haben:
die Startlinie
die Aschenbahn

2. **a)** Hier können wir dir keinen Lösungsvorschlag machen.

b) 1. **Knieheber**, 2. **Hampelmänner**, 3. **Aufwärmrunden**

3. englisch: Defenders = deutsch: **die Beschützer und Beschützerinnen, die Verteidiger und Verteidigerinnen**

4.

Wenn man gute Leistungen in der Highschool zeigt, kann man später Geld für ein Studium zur Unterstützung erhalten.

die Talentsuche in der Highschool

ein Stipendium fürs College

Highschools suchen in den Sportmannschaften Jugendliche mit guten Leistungen, um sie zu fördern.

5. Diese Stichpunkte könntest du aufgeschrieben haben:
Lu: ganz weiße Haut, aber Gesicht wie das von einem Schwarzen, supercooles Outfit
Sunny: großer Junge, strengt sich richtig an, läuft aber sehr langsam
Patina: ist sehr groß, trägt einen Pferdeschwanz, kann schnell rennen

6. Das könntest du aufgeschrieben haben:

Lu	Ghost
neue Laufschuhe	Turnschuhe
Ganzkörperanzug	T-Shirt
Stirnband	Jeans
Schmuck (Kette, Ohrstecker)	

7. Darüber könntet ihr gesprochen haben:
Vielleicht ärgert sich Ghost über den coolen und schnellen Lu. Er will ihm zeigen, dass Lu nicht so toll ist, wie er denkt.

Lösungen und Lösungsvorschläge zu den Aufgaben von Kapitel 3: 3

1. **a)** bis **d)**
   - Wie heißt Ghost eigentlich?
     Seite: **23**, Zeile: **15** – Ghost heißt eigentlich Castle Cranshaw.
   - Wer hat ihm den Spitznamen Ghost gegeben?
     Seite: **23**, Zeilen: **17 und 18** –
     Er hat sich selbst diesen Namen gegeben.
   - Was ist der Grund für diesen Spitznamen?
     Seite: **23**, Zeilen: **19 bis 22** –
     Mr. Charles hat Ghost und die Mutter angesehen, als wären sie Gespenster, weil sie so verängstigt aussahen.
   - Wo wohnt Ghost?
     Seite: **25**, Zeilen: **75** – Ghost wohnt in Glass Manor.
   - Wie nennt die Mutter Ghost?
     Seite: **25**, Zeile: **85** – Die Mutter nennt Ghost „Cas".

2. Der Trainer heißt Mr. **B r o d y**.

Der Name der Mannschaft ist **D e f e n d e r s**.

3.

Ghost sagt Nein, weil	seine Mutter das Training nicht erlauben wird.
Der Trainer fragt erstaunt „Nein?“, weil	er sieht, dass Ghost Talent hat.
Die Mutter von Ghost sagt Nein, weil	er besser in der Schule werden soll.

4. **a)** Darüber könntet ihr gesprochen haben:
Es kann gefährlich sein, mit Menschen mitzugehen, die ihr nicht kennt und über die ihr nichts wisst.

b) Das könntest du aufgeschrieben haben:
Ghost beobachtet die Mütter, ob sie den Trainer gut kennen und wie sie mit ihm umgehen.

Lösungen und Lösungsvorschläge zu den Aufgaben von Kapitel 4: 4

1. Ein Konflikt zwischen zwei Menschen ist
☒ ein Streit.

2. **17** Stunden und **02** Minuten

3. **a)** **Ghost schläft auf dem Boden im Wohnzimmer. Seine Mutter schläft auf dem Sofa im Wohnzimmer.**

b) Diese Stelle im Text solltest du markiert haben: Zeilen 7 bis 12

4. **a)** Der Schüler heißt **Brandon**.

b) Richtig sind diese Sätze: **Er rempelt Ghost an.**
Er macht sich über das Stadtviertel lustig, in dem Ghost wohnt.
Er bewirft Ghost mit einem Hähnchenflügel.

5. Das könntest du aufgeschrieben haben:
   Ghost sollte einfach weggehen.
   Er könnte eine Lehrerin oder einen Lehrer um Hilfe bitten.

6. Ghost ruft **den Trainer** an.
   Denn er möchte nicht aus **der Mannschaft** geworfen werden.
   Der Trainer ist fix und fertig, weil er sich schon am ersten **Tag** um Ghost kümmern muss.

7. **a)** und **b)**
   Vor dir selbst kannst du nicht davonrennen.

   c) ☒ Du kannst nicht vor deinen Problemen wegrennen.

8. Hier können wir euch keinen Lösungsvorschlag machen.

Lösungen und Lösungsvorschläge zu den Aufgaben von Kapitel 5: 5

1. **a)** und **c)** Diese Informationen könntet ihr gefunden haben:
   Name: Usain Bolt
   Geburtstag: 21. August 1986
   Geburtsort: Cherwood Content [Scherwuud Kontent], Jamaika [Dschamaika]
   Größe: 195 cm
   Beruf: Läufer / Sprinter (bis zum Jahr 2017)
   Erfolge: 8-mal Olympiasieger und 11-mal Weltmeister, hat im Jahr 2009 den Weltrekord im 100-Meter-Lauf mit 9,58 Sekunden bei den Leichtathletik-Weltmeisterschaften in Berlin aufgestellt

   b) Hier können wir euch keine Lösungsvorschläge machen.

2. - Wie schnell war Usain Bolt auf 100 Metern?
     9 Sekunden und **58** Millisekunden
   - Wie lange braucht Ghost das erste Mal?
     12 Sekunden und **5** Millisekunden
   - Wie viel langsamer ist Ghost?
     2 Sekunden und **47** Millisekunden
   - Wie lange brauchst du für 100 Meter?
     Hier können wir dir keinen Lösungsvorschlag machen.

3. Ghost ist müde, weil
   ☒ er so viel laufen muss.
   Seine Mutter ist müde, weil
   ☒ Ghost so viele Probleme macht.

4. Es ist wichtig, sich nach dem **Training** abzukühlen. Diesen Teil beim Training nennt man auch **Cool down**. Der **Herzschlag** wird wieder langsamer. Und die **Muskeln** entspannen sich. So erholt sich der Körper schneller.

5. ☒ Kurzstrecke

6. Lu fehlt schon seit seiner Geburt Farbstoff in der Haut, in den Augen und in den Haaren. Das nennt man **Albinismus**.
   Patty lebt nicht bei ihren eigenen Eltern.
   Sie hat neue Eltern bekommen. Das nennt man **Adoption**.

Lösungen und Lösungsvorschläge zu den Aufgaben im Haltepunkt

1. **a)** Hier können wir euch keine Lösungsvorschläge machen.

   b) Diese Angaben könntet ihr zum Beispiel in der Mindmap ergänzt haben:
   - Was ist Albinismus?
     eine angeborene Störung der Farbstoffe
   - Wie sieht Albinismus aus?
     helle Haut
     helle Augen
     helle Haare
   - Welche Folgen kann Albinismus für den Körper haben?
     schlechteres Sehen
     sehr selten: schlechteres Hören
     Lichtempfindlichkeit

2. **a)** und **b)**, **3. a)** bis **c)** und **4.**
   Hier können wir euch keine Lösungsvorschläge machen.

Lösungen und Lösungsvorschläge zu den Aufgaben von Kapitel 6: **6**

1. Ghost hat seine Turnschuhe abgeschnitten.
   So könnten sie aussehen:

2. Hier können wir dir keinen Lösungsvorschlag machen.

3. **a)** [1] Shamika bückt sich, um einen Stift aufzuheben.
   [4] Dann zeigt sie auf die Schuhe und alle lachen.
   [3] Sie muss laut lachen.
   [2] Da sieht sie die abgeschnittenen Turnschuhe von Ghost.

   b) Diese Zeilen solltest du markiert haben:
   Zeile 103 bis Zeile 107

4. Wenn man die Schule schwänzt, löst das keine **Probleme**.

5. **a)** und **b)**

	ja	**nein**
Werde ich bestraft, wenn ich etwas für eine andere Person, also einen Dritten, stehle?	[X]	
Die Gefängnisstrafe für Diebstahl kann bis zu sechs Jahren betragen.		[X]
Kann das Gericht auch statt Gefängnis eine Geldstrafe festlegen?	[X]	
Kann ich auch bestraft werden, wenn ich beim Versuch, etwas zu stehlen, erwischt werde?	[X]	

6. **a)** Das könntest du aufgeschrieben haben:

   Ich weiß noch, wie Mom und ich hier saßen und weinten.

   b) Diese Adjektive (Wiewörter) könntest du umkreist haben:
   traurig, erschreckt, ängstlich

7. a)

> Lass **niemals** zu,
> dass irgendjemand
> dein **Leben** oder deine
> Träume klein nennt.

b) Darüber könntet ihr gesprochen haben:
Mr. Charles meint, dass jeder seinen Weg gehen soll und dass alle Träume gleichwertig sind. Es sollte niemand über die Träume von anderen lachen.

Lösungen und Lösungsvorschläge zu den Aufgaben von Kapitel 7: 7

1. a) und **b)**
Wenn man eine längere Strecke läuft, spricht man von
Dauerlauf.
Das ist eine Art Lautsprecher und heißt
Megafon.
Der Trainer sitzt in seinem **Motivationsmobil**.
Das ist **ein Begleitwagen**: **Der Trainer fährt in seinem Auto mit angeschalteten Warnblinkern hinterher und feuert Ghost an.**

2. Ghost kommt zu spät zum Training. Zeile: **3**
Patty, Lu und Sunny sehen die neuen Laufschuhe.
Zeilen: **14 bis 20**
Das Motivationsmobil kommt zum Einsatz.
Zeilen: **41 bis 43** und Zeilen **57 bis 64**
Der Trainer spricht mit Ghost über die neuen Schuhe.
Zeilen: **79 bis 84**

3. Diesen Satz könntest du aufgeschrieben haben:
Die Mutter fragt Ghost nicht nach den neuen Laufschuhen, weil sie nichts von den Schuhen weiß.

4. ☒ von seiner Mutter

5. a) Das könntest du aufgeschrieben haben:

> Hier sitze ich, ein Junge, der gestern Schulausschluss hatte, weil er sich geprügelt hat. Und der am nächsten Tag die Schule schwänzt, weil er ausgelacht wurde.
> Und der nun auch noch Schuhe geklaut hat.

b) Diese Adjektive (Wiewörter) könntest du markiert haben:
schlecht, traurig, angespannt, unwohl

Lösungen und Lösungsvorschläge zu den Aufgaben von Kapitel 8: 8

1. ☒ Es ist Freitag.
☒ Er freut sich auf das Wochenende.
☒ Brandon beachtet ihn nicht.
☒ Shamika entschuldigt sich.
☒ Das Training fällt aus.
☒ Ghost geht nach der Schule in den Laden von Mr. Charles.
☒ Er ist zum Abendessen eingeladen.

2. Das könntest du aufgeschrieben haben:
Ghost hat Mitleid mit Brandon. Denn Ghost weiß, wie es sich anfühlt, wenn man ausgelacht wird. Darum sagt er den Kindern, dass sie cool bleiben sollen.

3. a) **Sunny Ghost Lu**

Patina der Trainer / Mr. Brody

b) Die Häuser in dem Viertel, in dem Sunny wohnt, haben einen **Garten** vor *und* hinter dem Haus.
Die Kinder haben ein eigenes **Zimmer**.
Vor den Häusern stehen ein oder zwei **Autos**.
In den Einfahrten sieht man **Basketballkörbe**.

4. a) „Mein Vater spielt manchmal Basketball in dem Park da drüben“, meinte Lu. „Echt? Da spiele ich auch“, log ich. Oh Mann. Die Lügen flutschten immer besser. „Da komm ich gerade her.“

b) Darüber könntet ihr gesprochen haben:
Ghost möchte vielleicht dazugehören. Er sagt, dass er Basketball spielt, damit er auch mitreden kann.

Lösungen und Lösungsvorschläge zu den Aufgaben von Kapitel 9: 9

1. In vielen Städten gibt es chinesische Restaurants.
Dort wird Essen gekocht, das es auch in **China** gibt.
China ist sehr groß, dort wohnen ungefähr
eine Milliarde und 500 Millionen **Menschen**.
Daher gibt es auch kein typisches chinesisches Essen.
Aber wir kennen viele Gerichte mit **Reis**.
Ein bekanntes Gericht ist die **Peking-Ente**.
Das ist eine besondere Rasse der Haus-Ente.
Sie wurde nach der **Hauptstadt**
von China benannt: Peking. Chinesische Menschen
essen mit **Ess-Stäbchen**.

2.

(der) **Reis**

(die) **Peking-Ente**

(die) **Ess-Stäbchen**

3. So könntest du die Fragen beantwortet haben:
- Warum freut sich Ghost so sehr auf das Essen?
  Zu Hause gibt es fast jeden Tag das Essen aus dem Krankenhaus.
- Was bestellt sich Ghost?
  Er bestellt Peking-Ente und eine Limo.
- Was nimmt er sich fest vor?
  Ghost möchte seiner Mutter etwas von dem Essen mitbringen.

4. a) und **b)**
Zeile **60**, der **Marathon**:
So nennt man einen besonders langen Lauf, der genau 42,195 Kilometer lang ist.
Zeile **72**, der **Diabetes**:
Wenn man diese Krankheit hat, fehlt etwas im Blut, das den Zucker abbauen soll. Darum spricht man auch von Zuckerkrankheit.

5. a) Lu: Zeile 44 bis Zeile 47, Sunny: Zeile 51 bis Zeile 64, Patty: Zeile 65 bis Zeile 73, Ghost: Zeile 82 bis Zeile 84

b) So könntest du die Geheimnisse aufgeschrieben haben:
Lu wollte immer einen Bruder haben. Damit er sehen kann, wie er aussehen würde, wenn er keinen Albinismus hätte.
Sunnys Mutter ist bei seiner Geburt gestorben. Sie wollte einen Marathon gewinnen. Deshalb soll Sunny laufen.
Patty ist adoptiert. Aber sie besucht ihre richtige Mutter oft. Die Mutter hat ihre Kinder weggegeben, weil sie krank ist und keine Beine mehr hat.
Ghosts Vater sitzt im Gefängnis, weil er versucht hat, Ghost und seine Mutter zu erschießen.

Lösungen und Lösungsvorschläge zu den Aufgaben von Kapitel 10: **10**

1. a) und **b)**
[3] Er sieht einen Zettel im Schaufenster hängen.
[1] Der Trainer fährt zum Sportgeschäft.
[2] Dort möchte er die neuen Trikots abholen.
[4] Auf dem Zettel ist ein Junge zu sehen.
Darunter steht: **Ladendieb**

2. a) Diese Textstelle solltest du markiert haben:
Zeile 85 bis Zeile 98.

b) Der Vater des Trainers war **süchtig** nach Drogen. Das sind giftige Stoffe, die schädlich sind.
Der Vater ist **daran gestorben**.

c) Das Geheimnis könntest du so aufgeschrieben haben:
Der Vater hat den Trainer geschlagen und die Olympiamedaille für 20 Dollar verkauft. Davon hat sich sein Vater Drogen gekauft. Der Trainer hat sich deshalb die Medaille als Tattoo stechen lassen.

3. Diese Aussagen könntest du angekreuzt haben:
Ghost wünscht sich neue Laufschuhe, weil
- [x] er so sein möchte wie die anderen.
- [x] er nicht mehr ausgelacht werden möchte.

Ghost möchte seine Mutter nicht um Geld bitten, weil
- [x] sie so schwer für das Geld arbeiten muss.
- [x] sie dann an einer anderen Stelle sparen muss.

Ghost will den Trainer nicht fragen, weil
- [x] er denkt, dass der Trainer ihn nicht verstehen würde.
- [x] Ghost nicht erwartet, dass er ihm hilft.

4. a) Du musst erkennen, wer du sein willst.

b) Diese Aussagen könntest du angekreuzt haben:
Man muss wissen,
- [x] welche Ziele man hat.
- [x] wie man zu anderen Menschen sein will.

5. So könntest du die Liste vervollständigt haben:
1. Ghost soll das Taxi putzen.
2. Ghost soll sich im Sportgeschäft für sein Verhalten entschuldigen.
3. Die Laufschuhe sollen bezahlt werden.

6. Diese Tipps könntest du notiert haben:
1. Jemanden um Rat fragen, was man tun kann.
2. Jemanden zur Unterstützung mitnehmen, um den Diebstahl zu gestehen.

7. Hier können wir euch keine Lösungsvorschläge machen.

Lösungen und Lösungsvorschläge zu den Aufgaben von Kapitel 11: **11**

1. **a)** Diese Sätze sind richtig:
   Ghost zieht sich im Wohnzimmer um.
   ☒ Nein, denn er möchte seine Mutter überraschen. **SP**
   Er zieht sich im Badezimmer um.
   ☒ Nein, denn das Bad ist zu klein. **RI**
   Er zieht sich in seinem Zimmer um.
   ☒ Ja, denn er hat keine Angst mehr. **NT**
   Er zieht sich auf dem Sportplatz um.
   ☒ Nein, er geht im Trikot zum Rennen. **ER**

   b) Ghost ist besonders auf der Kurzstrecke gut.
   Er ist ein | S | P | R | I | N | T | E | R |.

2. **a)** meine Mutter — die Pistole — der Flur — die Bettdecke, die von mir weggerissen wird

   b) die | S | i | l | b | e | r | b | l | i | t | z | e |

3. Die Mutter ist stolz auf Ghost, weil er nachmittags zum Training geht.
   Mr. Charles ist stolz auf ihn, weil er nicht mehr die Schule schwänzt.
   Der Trainer ist stolz auf Ghost, weil er nicht mehr vor Problemen wegrennt.

4. **a)** und **b)**
   - Wie heißt der Autor? **Jason Reynolds**
   - Wo ist er geboren? **in Amerika**
   - Wie alt ist er heute? **40 Jahre** (August 2024)
   - Welchen Beruf hatte seine Mutter? **Förderschullehrerin**

   c) Die drei Titel heißen: **Patina**, **Sunny** und **Lu**.

5. Hier können wir euch keinen Lösungsvorschlag machen.

Lösungen und Lösungsvorschläge zu den Aufgaben im Haltepunkt

1. a) bis **c)** und **2. a)**, **c)** und **d)**
Hier können wir euch keine Lösungsvorschläge machen.

2. b) Das könnte in eurer Situation passieren und diese Gefühle könnten eure Personen haben:
Mr. Charles: draußen schon dunkel, ich will gleich den Laden schließen, plötzlich kommen zwei Personen in den Laden gestürmt, beide im Schlafanzug, ich habe zuerst Angst, was ist passiert?, Ghost und seine Mutter erzählen, ich verstecke beide im Lager, rufe Polizei
Trainer: Training gestern, ich freue mich, drei Neue: Lu, Sunny und Patina, plötzlich ein anderer Junge, hat keine Sportsachen an, stellt sich neben Lu, gewinnt das Rennen, ich will ihn unbedingt in der Mannschaft haben, der Junge sagt Nein
Lu: endlich in der besten Mannschaft in der Stadt, ich freue mich, Probetraining geschafft, plötzlich komischer Junge, keine Sportsachen an, alte Turnschuhe, ich will nicht um die Wette laufen, Trainer erlaubt das, der Junge gewinnt, ich bin enttäuscht
Patty: ich bin hungrig, freue mich auf das Essen, Trainer nimmt Ess-Stäbchen weg, ich muss ein Geheimnis erzählen, höre den anderen zu, dann bin ich mutig, erzähle die Geschichte meiner Mutter, hat Zucker, beide Beine abgetrennt, dann erzählt Ghost, Vater hat auf ihn geschossen, ich bin geschockt

3. a) Diese Stichpunkte könntet ihr aufgeschrieben haben:
- Ghost trägt zu große Kleidung, hat keine Sportsachen.
- Die Mutter bringt Essen aus dem Krankenhaus mit.
- Sie wohnen in einem Viertel, in dem viele Menschen wenig Geld haben.

b) und **c)** Hier können wir euch keine Lösungsvorschläge machen.

4. a) Das könntet ihr aufgeschrieben haben:
Der Trainer kümmert sich um Jugendliche.
Er fördert sie beim Sport und hilft bei Problemen.

b) Hier können wir euch keine Lösungsvorschläge machen.

Kapitel 6: Weltrekord im Abhauen

Am nächsten Morgen war ich immer noch zufrieden mit den Schuhen. Das hat mich echt gefreut, weil es oft so ist, dass einen der Schlaf nachts aus irgendeinem Grund dazu bringt, dass man auf einmal ganz anders über etwas denkt. Keine Ahnung, warum, aber es ist so.

In der Schule hab ich mich sofort nach Brandon umgeschaut. Doch er war gar nicht da. Dafür kam der Direktor den Gang runtermarschiert. Das Erste, was er zu mir gesagt hat, war, dass er sich einen Tag ohne Konflikte wünscht. Und dass Brandon Schulausschluss hat. Das waren die schönsten Worte, die ich seit Langem gehört hatte.

Aber gut ging es mir nur bis Gemeinschaftskunde. Ich setzte mich vor Shamika [Schamieka] und stieß dabei gegen ihren Tisch. Einer ihrer Stifte fiel auf den Boden. Shamika bückte sich, um ihn aufzuheben, und sah dabei meine abgeschnittenen Turnschuhe. Sie begann laut zu lachen. Eigentlich war Shamika ziemlich cool. Aber sie hatte ein irre lautes Lachen. Ein echtes Lachen. Und wenn Shamika lacht, kann sie nicht mehr aufhören. Sie steckt dann alle mit ihrem Lachen an, einfach weil es so lustig klingt.

Und dann zeigte sie auf meine Schuhe. Ich konnte mich nicht verstecken. Die ganze Klasse schrie vor Lachen. Das fühlte sich schlimmer an als die blöden Sprüche von Brandon.

Auf dem Weg zur Mensa lief ich einfach weiter – und zwar aus der Schule raus. Ich hatte noch nie die Schule geschwänzt. Kein einziges Mal. Ich meine, ich hatte zwar schon ordentlich Ärger in der Schule gehabt. Aber ich hab mich nie getraut, einfach nicht hinzugehen. Aber jetzt hatte ich keine andere Wahl. Ich musste hier weg.

Als ich draußen war, bin ich losgerannt. Ich bin gerannt und gerannt, bis ich weit genug von der Schule weg war, um nicht erkannt zu werden.

Dann bin ich zu einem Sportgeschäft gekommen.

Und da hatte ich auf einmal eine richtig gute Idee.

„Willkommen bei Sportwelt 21!“, sagte eine junge Frau an der Tür. Auf ihrem Namensschild stand Tia.

„Haben Sie auch Sachen fürs Laufen?“, hab ich gefragt. Und dann, um es genauer zu sagen: „Zum Beispiel Schuhe?“

„Klar. Gleich hier drüben“, hat das Mädchen, diese Tia, gesagt. Ich nahm einen der Schuhe, einen silbernen. Ich drehte ihn um und schaute nach dem Preis. Und hab den Schuh gleich wieder zurückgelegt.

„Willst du mal einen Schuh anprobieren?“, fragte Tia. Sie stand die ganze Zeit hinter mir. Sie brachte zwei Schachteln, Größe 41 und 42. Ich zog die Schuhe an. Die 42 passte perfekt. Sie fühlten sich toll an, fast als würde ich gar keine Schuhe tragen. Ich sah aus, als hätte ich Silberblitze an den Füßen.

Das Mädchen ging zu einem anderen Kunden. Und dann tat ich es.

Erst wollte ich es gar nicht tun. Ich meine, als ich in den Laden bin, ist mir der Gedanke schon gekommen, aber das war nur ein Gedanke. Und noch nicht mal richtig ernst gemeint. Ich hab ja gewusst, dass ich auch meine Mutter bitten könnte, mir solche Schuhe zu kaufen, und sie würde es tun. Einfach weil sie hoffte, dass ich durch das Laufen nicht mehr so viel Mist machen würde. Doch als ich dann gesehen hab, wie viel sie kosten … ich hätte Mom niemals danach fragen können. Unmöglich. Niemand würde mehr was gegen mich sagen können, wenn ich solche Schuhe trug.

Ich zog die Schuhe aus und dann steckte ich die Silberblitze in meinen Rucksack. Ich legte den Deckel wieder auf die Schachtel und schob den leeren Karton unter den mit den Schuhen in Größe 41.

Sobald ich aus dem Laden war, rannte ich los.

Nur wohin? Nach Hause wollte ich nicht. Ich meine, ich hätte schon können. Aber ich wollte einfach nicht.

Wenn ich zu lange allein in unserer Wohnung bin, muss ich an die Zeit denken, wo meine Mom und mein Dad sich jeden Abend gestritten und angeschrien haben. Es gab nur einen sicheren Ort, wo ich hingehen konnte: den Laden von Mr. Charles.

„Castle?“, hat Mr. Charles erstaunt gefragt. Er schaute auf die Uhr. Er hat sich wohl gewundert, dass ich nicht in der Schule war. Aber anstatt danach zu fragen, hat er nur das Übliche gesagt. „Lass mich raten, Sonnenblumenkerne?“

„Lassen Sie mich raten, einen Dollar“, hab ich wie immer geantwortet.

„Die Sonnenblumenkerne kosten für dich ab jetzt zehn Dollar. Bis du mir erzählt hast, warum du nicht in der Schule bist.“

Erst wollte ich nichts sagen. Aber dann hatte er mich doch so weit. „Die anderen Kinder haben über mich gelacht.“

„Worüber gelacht?“, fragte er.

Ich hab nichts gesagt. Ich zog nur meine Hose hoch.

„Was hast du getan?“

„Abgeschnitten. Ich bin jetzt in einer Laufmannschaft. Und die haben da alle gute Schuhe, die nicht so hoch sind. Damit kann man besser rennen.“

Kapitel 6

Er gab mir die Sonnenblumenkerne. „Das geht auf mich“, hat er gesagt. Doch als ich danach greifen wollte, nahm er die Hand nicht vom Beutel. „Aber du haust nie wieder einfach aus der Schule ab. Vor allem nicht, weil jemand über dich lacht. Es wird immer Leute geben, die über dich lachen, Castle. Glaub mir.“

„Auch über Sie?“, fragte ich erstaunt.

„Ich werde ständig ausgelacht, mein Junge. Mein Bruder ist Arzt. Meine Schwester ist eine berühmte Professorin. Meine Eltern waren beide Anwälte. Für sie bin ich so was wie eine Enttäuschung. Weißt du, wie sie meinen Laden nennen? Charlies kleinen Laden.“ Seine Stimme klang auf einmal ernst. „Lass niemals zu, dass irgendjemand dein Leben oder deine Träume klein nennt.“

Ich nickte.

„Du kannst hier nicht einfach so rumhängen, Castle.“

Er schaute mich an, dann drückte er mir einen Karton mit Katzenfutter in die Arme.

„Hier. Dann hilf mir, das auszupacken.“

Dann bat Mr. Charles mich, Sachen in den Lagerraum zu tragen.

Dort ist die Tür hinter mir zugefallen und ging nicht mehr auf. Mr. Charles konnte mich nicht hören. Ich bekam Panik. Ich musste daran denken, wie meine Mom und ich hier saßen und weinten.

Ich hämmerte mit meiner Faust gegen die Tür. Es dauerte ewig, bis Mr. Charles kam.

„Die blöde Tür klemmt ein bisschen“, erklärte er.

Ich nahm meinen Rucksack und rannte aus dem Laden.

Fortsetzung folgt

1. **Ghost hat seine Turnschuhe verändert. Wie könnten sie jetzt aussehen? Zeichne sie.**

2. **Ghost wünscht sich Laufschuhe. Welche würdest du ihm wünschen? Zeichne sie ebenfalls.**

3. **Wenn man ausgelacht wird, kann das wehtun.**
   a) **Auch Ghost wird ausgelacht. Was passiert? Bringe die Sätze in die richtige Reihenfolge.**

   ☐ Shamika bückt sich, um einen Stift aufzuheben.

   ☐ Dann zeigt sie auf die Schuhe und alle lachen.

   ☐ Sie muss laut lachen.

   ☐ Da sieht sie die abgeschnittenen Turnschuhe von Ghost.

   b) **Auch Mr. Charles wurde schon ausgelacht. Von wem und warum? Markiere die Stelle im Text.**

4. **Nach der Situation mit den Schuhen schwänzt Ghost einfach den weiteren Unterricht. Warum bringt es nichts, die Schule zu schwänzen? Ergänze den Satz.**

Wenn man die Schule schwänzt, löst das

keine ______________________ .

Aufgaben / Rätsel / Probleme

5. Ghost stiehlt die Laufschuhe. Diebstahl ist verboten.
   a) In unseren Gesetzen steht, wie Diebstahl bestraft werden kann. Lies den Text. Audio
   Tipp: Lies die Worterklärungen neben dem Text.

§ 242 Diebstahl

(1) Wer eine fremde bewegliche Sache einem anderen in der Absicht wegnimmt, die Sache sich oder einem Dritten rechtswidrig zuzueignen, wird mit Freiheitsstrafe bis zu fünf Jahren oder mit Geldstrafe bestraft.

(2) Der Versuch ist strafbar.

§ 242 = der Paragraf 242. Ein Paragraf ist ein größerer Abschnitt in einem Text.
(1) = Absatz 1
rechtswidrig: gegen das Recht
die Freiheitsstrafe: Gefängnis
die Geldstrafe: zur Strafe muss Geld bezahlt werden
strafbar: wenn etwas bestraft werden kann

b) Hast du alles verstanden? Kreuze an.

	ja	nein
Werde ich bestraft, wenn ich etwas für eine andere Person, also einen Dritten, stehle?	☐	☐
Die Gefängnisstrafe für Diebstahl kann bis zu sechs Jahren betragen.	☐	☐
Kann das Gericht auch statt Gefängnis eine Geldstrafe festlegen?	☐	☐
Kann ich auch bestraft werden, wenn ich beim Versuch, etwas zu stehlen, erwischt werde?	☐	☐

6. Als Ghost im Lagerraum ist, fällt die Tür zu und er ist eingesperrt.
   a) Woran muss Ghost denken? Schreibe auf.

____

____

____

____

____

   b) Wie fühlt sich Ghost in dieser Situation? Umkreise passende Adjektive (Wiewörter).

traurig	lustig	erschreckt	jung	entspannt
müde	durstig	mutig	ängstlich	

7. Mr. Charles gibt Ghost einen Rat.
   a) Welchen? Ergänze.

Lass ______________ zu,
dass irgendjemand
dein __________ oder deine
______________ klein nennt.

   b) Was meint Mr. Charles? Sprecht darüber.

Kapitel 7: Weltrekord für den längsten Dauerlauf

Ich rannte, ohne anzuhalten, zum Sportplatz. Als ich endlich im Park war, wärmten sich die anderen schon auf.

„Wie nett, dass du auch noch kommst, Mr. Cranshaw“, sagte der Trainer. Ich schmiss meinen Rucksack neben die Bank.

„Tut mir wirklich leid“, hab ich gesagt und meinen Rucksack geöffnet.

Ich schaute nach rechts und nach links.

Beobachtete ein Polizist das Training? Sobald ich sah, dass mich niemand beobachtete, holte ich die silbernen Schuhe raus. Ich zog sie an und schnürte sie ganz fest zu. Ich rollte meine Jeans hoch und machte die Dehnübungen mit.

Es dauerte vielleicht zwei Sekunden, dann bemerkte Patty meine Schuhe. Sie hat gelächelt und Sunny angestoßen, damit er aufschaute. Da hat er sie auch gesehen und den Daumen hochgehoben. Ich hab zu Lu rüber geguckt.

Lu hat sie angeschaut und ein Gesicht gezogen wie jemand, der denkt: nicht übel. Und das hat mir schon gereicht.

„Heute ist Donnerstag“, hat der Trainer gesagt, „und, äh …“

Da entdeckte auch der Trainer die silbernen Schuhe an meinen Füßen. Er hat überrascht ausgesehen und gleichzeitig verwirrt. So ähnlich wie damals, als ich ihm gesagt habe, dass mein Spitzname Ghost ist.

„Heute gibt es einen Dauerlauf“, sagte der Trainer.

„Es geht um Ausdauer, nicht um Geschwindigkeit.

Und alle müssen mitmachen.“

Als er „Dauerlauf“ sagte, fiel mir ein, dass ich mittags gar nichts gegessen hatte. Aber auch, dass ich den Tag über ja auch schon so viel gerannt war. Von der Schule zum Sportgeschäft und vom Sportgeschäft zum Laden von Mr. Charles und vom Laden zum Sportplatz.

Der Trainer sagte uns nicht, wie weit wir laufen sollten.

Er hat nur gesagt, wir sollten der Co [Ko]-Trainerin folgen.

„Und was machen Sie?“, hab ich gefragt, als der Trainer zu seinem Auto ging. Aber er hat nicht geantwortet.

Da hat mir einer der Jungen erklärt, was Sache ist. „Er fährt den Begleitwagen oder das – wie er es nennt – Motivationsmobil“, sagte er und hat mir auf die Schulter geklopft. „Du wirst schon sehen.“ Und dann sagte er noch: „Coole Schuhe, Mann.“ Ich wollte ihm sagen, dass ich sie „Silberblitze“ nenne. Aber dann dachte ich, dass das vielleicht zu viel wäre. Außerdem hatten wir keine Zeit mehr zum Reden. Der Trainer hupte und das war offenbar das Zeichen, dass der Lauf begann.

Die Co-Trainerin lief los und wir alle hinterher, runter vom Sportplatz und raus auf den Bürgersteig. Wir wichen Menschen und Autotüren aus und sprangen über herumstehende Fahrräder. Das Tempo war nicht allzu schnell. Und ich war ehrlich gesagt überrascht, dass ich mindestens zehn Minuten lang gut mithalten konnte. Dann fiel ich hinter die anderen Sprinter zurück und nahm den letzten Platz ein.

Und da erfuhr ich dann, was das Motivationsmobil war. Zuerst war es nur ein Hupen. Ich drehte mich um und da war der Trainer in seinem Auto mit angeschalteten Warnblinkern. Ich konnte kaum glauben, was ich sah. Er ist uns gefolgt! Dann kam das lange Hupen. Dann das Megafon. „Schneller, Ghost! Schneller!“, schrie er mit lauter Stimme durch das Megafon. Das hat mich sehr unter Druck gesetzt. Ich will nicht lügen. Ich hab die anderen nicht einholen können. Aber ich habe nicht aufgegeben. Ich hab nie aufgehört zu laufen.

Hinterher meinte Lu zu mir: „Du hast aber auch Ausdauer, Ghost. Die neuen Schuhe haben dich nicht schneller gemacht. Aber du hast nicht aufgegeben, deshalb ... nicht übel.“

„Danke“, sagte ich. „Du auch.“ Ich weiß nicht, warum ich das gesagt habe. Es machte nicht wirklich Sinn. Aber es kam einfach aus mir raus.

„Schon gut“, sagte der Trainer. „Morgen ist das Essen mit den Neuen. Das ist Tradition. Da könnt ihr euch dann besser kennenlernen.“

Mom fragte nicht nach meinen schicken neuen Schuhen. Aber auch nur, weil sie nichts davon wusste. Der Trainer dagegen hat sehr wohl nach ihnen gefragt.

„Wo hast du die denn her? Nur so aus Interesse“, wollte er wissen.

Ich hab ihm erklärt, dass meine Mutter sie für mich gekauft hätte, damit ich keinen Blödsinn mehr mache. Schon bei den Worten hat sich mir der Magen umgedreht. Hier saß ich, ein Junge, der gestern noch Schulausschluss hatte, weil er sich in der Schule geprügelt hatte. Und der dann gleich am nächsten Tag die Schule schwänzte, weil er ausgelacht wurde. Und nun hatte ich auch noch Schuhe geklaut!

Fortsetzung folgt

1. Es ist Donnerstag und wieder Training. Was ist neu?
a) Bilde drei Wörter aus den Silben.
b) Ergänze dann die Wörter in den Erklärungen.
Achtung: Das dritte Wort musst du selbst erklären.

bil	Dau	er	fon	ga	lauf
Me	mo	Mo	ti	tions	va

Wenn man eine längere Strecke läuft, spricht man von

________________________.

Das ist eine Art Lautsprecher und heißt

________________________.

Der Trainer sitzt in seinem

____.

Das ist ____

____

____

____

____

2. An diesem Tag passiert viel. Was? Finde zu den Stichpunkten die passenden Stellen im Text. Schreibe die Zeilennummern auf.

Ghost kommt zu spät zum Training.	Zeile: ______
Patty, Lu und Sunny sehen die neuen Laufschuhe.	Zeilen: ______
Das Motivationsmobil kommt zum Einsatz.	Zeilen: ______ und Zeilen: ______
Der Trainer spricht mit Ghost über die neuen Schuhe.	Zeilen: ______

3. Die Mutter fragt Ghost nicht nach den neuen Laufschuhen. Warum nicht? Schreibe einen Satz auf.

____

____

____

4. Der Trainer fragt Ghost, woher er die Schuhe hat. Was antwortet Ghost? Kreuze an.

- ☐ von Mr. Charles
- ☐ von seiner Mutter
- ☐ von Lu

5. Ghost fährt wieder mit dem Trainer nach Hause.
   a) Dabei wird Ghost am Ende etwas klar. Was? Schreibe auf.

Hier sitze ich, ______

   b) Wie fühlt sich Ghost in der Situation? Markiere die passenden Adjektive (Wiewörter).

cool schlecht entspannt

traurig angespannt müde

wütend glücklich unwohl

Kapitel 8: Weltrekord für den besten Freitag aller Zeiten

Freitag bedeutet zwei Dinge. Erstens ist es der letzte Tag vor dem Wochenende. Außerdem war das Wochenende die Zeit, wo Mom und ich mal richtig was zusammen unternahmen, weil sie am Wochenende nicht arbeitete. Und ihr Online [Onlain]-Unterricht war am frühen Samstagmorgen, denn sie will nämlich Krankenschwester werden. Wenn sie damit fertig war, haben wir zusammen die Wohnung geputzt.

Hinterher hat Mom das Haareschneiden an mir geübt. Dann sind wir zu meiner Tante gegangen. Das andere Gute an Freitag ist, was ich vorher nicht wusste: dass unser Trainer allen freigibt. Kein Training. Und ich war mit den anderen Neuen zum Essen eingeladen.

Ich bin froh, dass die Schule am Freitag ziemlich problemlos lief. Brandon war wieder da. Und obwohl ich meine alten Turnschuhe anhatte, hatte Brandon nichts dazu zu sagen. Ich bin ihm direkt nach der ersten Stunde begegnet und er ist einfach an mir vorbeigelaufen. Ich habe gesehen, wie ein paar andere Kinder gekichert haben, als er vorbeikam. Aber ich habe ihnen gesagt, dass sie cool bleiben sollen. Keine Ahnung, warum –, er hätte es total verdient, geärgert zu werden. Aber ich glaube, dass mir der Typ irgendwie leidtat. Mir war es schließlich auch schon so gegangen. Als ich dann in Gemeinschaftskunde Shamika traf, hat sie sich bei mir entschuldigt, dass sie so gelacht hatte. So was nennt man Glück! Und wie gesagt, sie war überhaupt ein cooles Mädchen. Dann war die Schule vorbei. Ich hab mich auf meinen Nachhauseweg gemacht. Der Trainer würde mich erst abends abholen. Ich hatte es also nicht eilig. Deshalb bin ich in den Laden von Mr. Charles rein. „Lass mich raten, Sonnenblumenkerne?“, sagte Mr. Charles. „Lassen Sie mich raten, einen Dollar?“, hab ich gesagt und mein Geld auf die Theke gelegt. Dann hab ich mir den Beutel mit den Sonnenblumenkernen genommen.

„Alles klar bei dir, Junge?“, hat Mr. Charles gefragt. „Klar“, sagte ich. „Ich bin heute richtig gut drauf. Ich bin heute Abend zum Essen eingeladen. Mit meiner Laufmannschaft.“ Mr. Charles freute sich. Dann bin ich zur Bushaltestelle gegangen. Ich hab mich neben eine ältere Frau gesetzt. Sie machte ein Kreuzworträtsel und summte dabei ein Lied, das ich nicht kannte. Vielleicht hatte sie es sich selbst ausgedacht. Es klang gar nicht übel. Auf der anderen Seite, im Fitnesscenter, machten Leute Sport. Jedenfalls habe ich da ein bisschen rumgehangen und bin dann weiter. Im Park ging ich kurz bei der Aschenbahn vorbei, doch da war niemand. Danach blieb mir nicht viel anderes übrig, als nach Hause zu gehen. Aber dazu war ich noch nicht bereit. Deshalb bin ich zum Basketballfeld. Zu Hause musste ich nur noch ein kleines bisschen Zeit totschlagen, bevor der Trainer mich abholen würde. Es hat gerade gereicht, um mir saubere Sachen anzuziehen.

Als der Trainer kam, hat er gehupt. Und als ich nicht gleich raus bin, hat er noch mal gehupt. „Ich komm ja schon, ich komm ja schon“, hab ich gesagt und die Tür hinter mir zugeschlossen. Patty saß vorne neben dem Trainer. Lu saß mit mir hinten. „Mein Vater spielt manchmal Basketball in dem Park da drüben“, meinte Lu. „Echt? Da spiele ich auch“, log ich. Oh Mann. Die Lügen flutschten immer besser. „Da komm ich gerade her.“

Kapitel 8

Wir fuhren auf die andere Seite der Stadt.

Und damit meine ich wirklich die komplett entgegengesetzte Richtung. Wo die Häuser vorne *und* hinten einen Garten haben. Wo jedes Kind sein eigenes Zimmer hat, selbst wenn es fünf Kinder sind. Und alle Leute haben ein Auto. Oder zwei. Und überall sind Einfahrten, in denen die Autos parken.

Und in den Einfahrten stehen Basketballkörbe, die man herumschieben kann.

Wir hielten vor Sunnys Haus an, einem riesigen Haus, das wie ein Schloss aussah, mit einem alten rostigen Auto in der Einfahrt. Ich hab mich gefragt, warum Sunny sich eigentlich nicht so benahm wie andere Leute, die in so einer Gegend lebten. Er war ... cool.

Sunny quetschte sich zu uns nach hinten und ich musste in die Mitte rutschen. Das nervt total, da zu sitzen.

„Fahren Sie los“, hab ich gestöhnt.

Fortsetzung folgt

1. Ghost ist sehr gut gelaunt. Warum? Kreuze an.

- [ ] Es ist Samstag.
- [ ] Es ist Freitag.

- [ ] Er freut sich auf den Online-Unterricht.
- [ ] Er freut sich auf das Wochenende.

- [ ] Brandon spricht mit ihm.
- [ ] Brandon beachtet ihn nicht.

- [ ] Shamika entschuldigt sich.
- [ ] Shamika schenkt ihm neue Schuhe.

- [ ] Das Training ist nur kurz.
- [ ] Das Training fällt aus.

- [ ] Ghost geht nach der Schule in den Laden von Mr. Charles.
- [ ] Ghost geht nach der Schule sofort nach Hause.

- [ ] Er ist zum Abendessen eingeladen.
- [ ] Er darf einen Film mit seiner Mutter sehen.

2. An diesem Tag lachen einige Kinder über Brandon. Wie reagiert Ghost? Warum reagiert er so? Schreibe in eigenen Worten auf.

3. **Der Trainer holt die Neuen mit dem Auto ab.**
   a) **Wer sitzt wo? Schreibe die Namen auf.**

______ ______ ______

______ ______

   b) **Der Trainer holt auch Sunny ab. Das Stadtviertel sieht ganz anders aus als das Viertel, in dem Ghost wohnt. Ergänze den Text.**

Die Häuser in dem Viertel, in dem Sunny wohnt, haben

einen ______ vor *und* hinter dem Haus.

Die Kinder haben ein eigenes ______.

Vor den Häusern stehen ein oder zwei ______.

In den Einfahrten sieht man ______.

4. **Ghost erzählt im Auto den anderen eine Lüge.**
   a) **Was erzählt er? Markiert die Stelle im Text.**
   b) **Warum lügt er? Sprecht darüber.**

Kapitel 9: Weltrekord für das beste Geheimnis

Zum Glück hat die Fahrt zum Chinarestaurant nicht lange gedauert.

„Also, Leute, ihr könnt euch aus der Speisekarte aussuchen, was ihr wollt.“

Ich weiß nicht, wie es den anderen ging. Aber ich hab mich so gefreut, dass ich fast ausgeflippt wäre.

Ich meine, ich esse fast jeden Tag in der Woche das Essen, das meine Mom aus dem Krankenhaus mitbringt. Ich weiß schon gar nicht mehr, wie lange. Vermutlich seit mein Dad weg war.

Wir lasen die Speisekarten. „Wisst ihr schon, was ihr essen wollt?“, fragte eine Kellnerin.

„Ich hätte gerne die Peking-Ente, bitte. Und eine Limo“, sagte ich. „Die nehme ich auch“, hat Sunny gesagt.

Und da hat der Trainer mit einer langweiligen Rede losgelegt. Wie stolz er wäre, uns in seiner Mannschaft zu haben. Er hat gesagt, dass wir alle vielversprechende Leistungen zeigen würden.

Also, das wenigstens war mal was Neues für mich. Dass ich vielversprechend bin.

Dann ist die Kellnerin mit unserem Essen zum Tisch zurückgekommen. Endlich ging es los. Ich wollte sogar was für Mom aufheben, egal, wie lecker das Essen sein würde. Ich meine, Ente bekamen wir nicht oft zu essen. Eigentlich nie. Ich würde ihr auf jeden Fall was mitbringen.

Aber als die Kellnerin die Teller auf den Tisch stellte, nahm der Trainer alle unsere Messer und Gabeln, sogar die Ess-Stäbchen.

„Okay. Das Ganze funktioniert so“, hat er gesagt und das Besteck festgehalten. „Um euer Besteck zurückzubekommen, müsst ihr den anderen was von euch erzählen, von dem sonst kaum jemand weiß.“

Ich starrte auf meine Ente. Oh Mann, dieser Duft!

„Das ist Tradition bei uns“, erklärte der Trainer. „Also, wer fängt an?“

„Ich!“, meldete sich Lu. Er starrte auf seinen gebratenen Reis.

„Also“, fing er an und schaute wieder zu uns. „Ich bin ein Albino.“

„Ach nee!“, stöhnte Patty und schlug sich mit der Hand gegen die Stirn. „Das ist doch kein Geheimnis!“

„Okay, okay. Jetzt mal im Ernst.“ Lu holte tief Luft.

„Ich wollte immer einen Bruder. Aber meine Mom kann keine Kinder mehr bekommen. Und ich hab mir so sehr einen Bruder gewünscht, weil ich dann sehen könnte, wie ich aussehen würde, wenn ich kein Albino wäre.“

Keiner hat einen Ton gesagt. Der Trainer gab Lu sein Besteck.

Dann meldete sich Sunny.

„Also, ich habe keine Mutter mehr“, hat er gesagt.

„Ich meine, ich hab schon eine, aber sie ist tot. Sie ist bei meiner Geburt gestorben.“

Sunny tat mir leid. Er hat seine Mom nicht mal kennengelernt.

„Das ist echt traurig“, sagte Patty und griff nach seiner Hand. „Das tut mir leid.“

„Ach, ist schon okay. Das ist auch der Grund, warum ich laufe. Mein Vater wollte es so. Meine Mutter wollte einen Marathon gewinnen. Und mein Vater meint, ich wäre es ihr schuldig. Zuerst hab ich es gehasst. Aber jetzt laufe ich schon so lange, dass ich gar nicht mehr groß darüber nachdenke. Und manchmal hab ich das Gefühl, dass ich dadurch mit ihr verbunden bin.“

Dann erzählte Patty: „Ihr wisst ja alle, dass ich adoptiert bin. Die meisten adoptierten Kinder kennen ihre richtigen Eltern nicht. Aber ich kenne meine Mom.“

„Ehrlich?“, fragte Lu.

„Ja. Ich und meine kleine Schwester besuchen unsere Mom ganz oft. Sie ist echt cool“, sagte Patty.

„Sie hat uns weggegeben, weil sie keine Beine mehr hat. Die Ärzte mussten sie ihr abtrennen, weil sie Diabetes hat.“

„Dann rennst du ... für sie“, sagte Sunny, der nun begriff, wieso Patty seine Geschichte so gut verstehen konnte.

„Jetzt bist nur noch du übrig, Ghost“, hat der Trainer gesagt.

Ich wusste immer noch nicht wirklich, was mein Geheimnis sein würde.

Aber dann hab ich die anderen angesehen. Sie hatten richtig persönliche Sachen über ihre Familien erzählt.

„Mein Vater sitzt im Gefängnis, weil er versucht hat, mich und meine Mutter zu erschießen“, platzte es aus mir heraus.

Lu ließ seine Gabel fallen. Patty ließ ihr Messer fallen. Sunny hörte auf zu trinken.

Der Trainer drückte mir mit offenem Mund das Besteck in die Hand.

„Und was ist Ihr Geheimnis?“, hab ich den Trainer gefragt.

Er lachte leise. „Also, es ist wahr. Ich habe mal an Olympischen Spielen teilgenommen. Und eine Goldmedaille gewonnen.“

Und es fühlte sich gut an, Teil einer Mannschaft zu sein. Als würde ich dazugehören – so richtig dazugehören –, so, wie ich war.

Fortsetzung folgt

1. **Ghost geht mit den anderen in ein chinesisches Restaurant. Was gibt es dort? Ergänze die Erklärung mit den passenden Wörtern.**

China – Ess-Stäbchen – Hauptstadt – Menschen – Peking-Ente – Reis

In vielen Städten gibt es chinesische Restaurants.

Dort wird Essen gekocht, das es auch in __________ gibt.

China ist sehr groß, dort wohnen ungefähr

eine Milliarde und 500 Millionen ______________.

Daher gibt es auch kein typisches chinesisches Essen.

Aber wir kennen viele Gerichte mit ________.

Ein bekanntes Gericht ist die ________________.

Das ist eine besondere Rasse der Haus-Ente.

Sie wurde nach der ________________

von China benannt: Peking. Chinesische Menschen

essen mit ____________________.

2. **Ghost und die anderen essen chinesische Gerichte. Was zeigen die Bilder? Beschrifte sie richtig.**

__________ __________ __________

3. **Ghost freut sich besonders auf den Abend. Warum? Beantworte die Fragen.**

- Warum freut sich Ghost so sehr auf das Essen?

Zu Hause gibt es ______________________________

____

- Was bestellt sich Ghost?

Er ______________________________

____

- Was nimmt er sich fest vor?

Ghost möchte ______________________________

____

4. **Im Text kommen zwei schwierige Wörter vor.**
   a) **Lies die Erklärungen.**
   b) **Finde die Wörter im Text und schreibe die Nummer der Zeile auf. Schreibe das Wort ebenfalls auf.**

Zeile _____ , der ________________ :

So nennt man einen besonders langen Lauf, der genau 42,195 Kilometer lang ist.

Zeile _____ , der ________________ :

Wenn man diese Krankheit hat, fehlt etwas im Blut, das den Zucker abbauen soll. Darum spricht man auch von Zuckerkrankheit.

5. Jeder Mensch hat etwas, worüber er nicht gerne spricht. Lu, Sunny, Patty und Ghost erzählen ihr Geheimnis.
   a) Markiere die Stellen im Text.
   b) Schreibe die Geheimnisse in eigenen Worten auf.

Lu

Kapitel 10: Weltrekord für den dümmsten Fehler

Nach einer Weile hatte ich mich so ziemlich an alles und alle gewöhnt. Selbst die blöde Pfeife des Trainers wurde irgendwann so normal wie die Sonnenblumenkerne aus dem Laden von Mr. Charles. Ich hatte mich an all das gewöhnt. Und ich war mir ziemlich sicher, dass sich alle an mich gewöhnt hatten. Alles war cool. So cool, wie es noch nie gewesen war.

Bis zu dem Tag, an dem wir unsere Trikots [Trikos] bekamen. Da änderte sich alles.

Der Trainer redete schon seit zwei Wochen ständig davon. Es bedeutete, dass man offiziell zur Mannschaft gehörte. Er tauchte mit einem Karton unterm Arm beim Training auf.

„Kommt alle her“, sagte der Trainer. „Am Samstag findet unser erster Wettkampf statt. Ihr habt die letzten Wochen hart gearbeitet und ich bin stolz auf euch.“

Dann rief er die einzelnen Namen auf. Lu holte sich sein Trikot. Er zeigte mir das neue T-Shirt. Es war blau und mit goldenen Buchstaben bedruckt. Unter dem Namen Defenders war das Bild von einer Faust, die einen Flügel umklammerte. Ich mochte es. Nein, ich liebte es.

„Das war’s“, sagte der Trainer. *Das war’s?*

„Und was ist mit mir?“, fragte ich.

„Oh, ja, für dich hab ich auch was, Ghost“, sagte der Trainer und wühlte in dem Karton. Doch als er die Hand aus der braunen Kiste zog, hatte er kein cooles T-Shirt. Stattdessen hielt er ein Stück Papier in der Hand. Er schaute mich ganz enttäuscht an.

Ich faltete das Blatt so schnell wie möglich auf. Dann sah ich das Schrecklichste, was man sich nur vorstellen konnte. Ein Foto von mir, wie ich aus dem Sportgeschäft rannte. Eine Nahaufnahme von meinem Gesicht und darunter, in roten – fetten, knallroten – Buchstaben das Wort LADENDIEB.

„Ich bin ins Sportgeschäft, um die Trikots abzuholen. Und rate mal, von wem da ein Foto im Schaufenster hing?“

Ich sagte nichts.

„Also nimm deine silbernen Schuhe und setz dich auf die Bank.“

Alle haben mich angestarrt. Aber keiner hat gelacht, alle sahen einfach nur entsetzt und besorgt aus. Das war vermutlich der einzige Grund, warum ich nicht gleich vom Sportplatz gerannt bin.

Auf der Fahrt im Auto sagte keiner von uns ein Wort.

Der Trainer hat mich nicht mal angeschaut.

Vor unserem Haus stellte der Trainer den Motor ab und öffnete seine Autotür.

„Wo wollen Sie hin?“, hab ich gefragt.

„Wohin wohl, Ghost? Ich erzähle deiner Mutter, was du getan hast.“

„Bitte, Trainer. Sie dürfen es meiner Mutter nicht erzählen.“ Ich hatte keine Angst davor, Ärger mit meiner Mom zu kriegen. Ich wollte einfach nicht, dass sie noch mehr Probleme hatte. Ich meine, ich bin ihr einziges Kind und der Grund dafür, warum sie so hart arbeitet. Und ich zieh los und mach so was total Dummes. Aber der einzige Grund, warum ich das gemacht hatte, war, weil ich sie nicht um das Geld bitten wollte. Ich wollte einfach nicht, dass sie auf irgendwas verzichten musste, damit ich meine blöden Schuhe bekam. Und jetzt würde sie furchtbar enttäuscht sein, weil ich nicht zu ihr gekommen war.

„Erzähl mir, warum“, hat der Trainer gesagt.

„Was hätte ich denn tun sollen? Meine Mutter hat kein Geld für Laufschuhe. Ich konnte sie nicht darum bitten!“, hab ich gesagt.

„Warum hast du nicht einfach mich gefragt?“

„Wieso sollte ich von Ihnen erwarten, dass Sie mir helfen? Warum hätten Sie das tun sollen?“ Mein ganzer Körper war nun am Zittern. „Ich meine, Sie haben mich in die Mannschaft geholt, und dafür bin ich Ihnen auch total dankbar. Und Sie haben mich rausgehauen, als ich Ärger in der Schule hatte. Warum machen Sie all das überhaupt für mich?“

„Ihr seid mir wichtig, jeder Einzelne von euch. Was denkst du, warum ich sonst jeden Tag da draußen bin und mit euch trainiere?“

„Aber ich bin anders. Sie kennen mein Geheimnis. Sie haben es gehört. So was ist doch nicht normal. Ständig lachen die Leute über mich, weil ich hier in Glass Manor wohne. Sie leben nicht hier! Sie wissen nicht, wie das ist, Trainer.“

Der Trainer drehte sich zu mir um.

„Siehst du das Tattoo [tetuu]?“, fragte er.

Es war ein dunkles Band, das sich durch seine lockigen Brusthaare zog.

„Das ist meine Olympiamedaille. Ich habe mir ein Tattoo davon stechen lassen, nachdem der Mann, der mir das hier angetan hat“ – der Trainer zog seine Oberlippe hoch, damit ich seinen abgebrochenen Zahn sehen konnte –, „die echte Medaille gestohlen hat. Dieser Mann war mein Vater. Er nahm Drogen und dann ist er gewalttätig geworden. Drei Wochen nach meinem Sieg hat er meine Goldmedaille für 20 Dollar verkauft, um sich dafür Drogen zu kaufen. Es war seine letzte Tat. Er ist an den Drogen gestorben, gleich da vorne auf der Treppe. Weil wir da nämlich gewohnt haben.

Da bin *ich* aufgewachsen. Also sag mir nicht, was ich weiß oder nicht weiß, Ghost."

Dann hat er sich zu mir umgedreht und mir in die Augen geschaut. „Ich wollte dir zeigen, dass du nicht vor dem weglaufen kannst, der du bist. Du musst erkennen, wer du sein willst."

Das musste ich erst mal sacken lassen. Wer war ich?

Ich war Castle Cranshaw, ein Junge aus Glass Manor mit einem Vater im Knast. Mit einer Mutter, die schwer für mich arbeitete. Die mir die Haare schnitt und Billigschuhe kaufte und zu große Kleidung, damit ich in sie hineinwachsen konnte. Ich war der Junge mit den vielen Problemen in der Schule. Der Junge, der Lehrer beschimpfte und dumme Typen verprügelte, die ihn anmachten. Der Junge, der sich anders fühlte. Der wütend war. Und traurig. Aber wer wollte ich sein? Das war viel schwerer zu beantworten. Ich wusste es noch nicht.

„Bitte sagen Sie es nicht meiner Mutter."

Der Trainer seufzte. „Okay."

„Danke", sagte ich erleichtert. „Darf ich trotzdem noch trainieren?"

„Ja, du darfst weiter mittrainieren." Dann zeigte er auf meine abgeschnittenen Schuhe.

„Aber mit diesen Schuhen. Und am Freitag machst du mein Taxi sauber."

Den Rest der Woche zeigte ich mich in der Schule von meiner besten Seite.

Und beim Training hängte ich mich besonders rein.

Das war schwieriger, weil meine abgeschnittenen Turnschuhe sich anfühlten, als wären meine Füße auf einmal viel schwerer geworden.

Am Freitag musste ich dann das Taxi putzen. Als ich den Kofferraum aufmachte, sah ich das ganze Chaos: Essens-Schachteln, Schuhe, stinkende Trikots, Handtücher, Sporttaschen. Als Erstes warf ich alle Essens-Schachteln in den Müll. Den Rest stopfte ich in die Sporttaschen.

Irgendwann sagte der Trainer: „Ich glaube, du bist fertig“, und ist in sein Taxi gestiegen. „Wohin fahren wir?“, fragte ich. „Das wirst du schon sehen.“

Und dann hielten wir vor einem Laden – oh nein – *Sportwelt 21*. Der Trainer ist in den Laden gegangen und ich bin ihm mit gesenktem Kopf gefolgt. Ich war nervös und kam mir dumm vor.

„Oh. Du bist es“, sagte das Mädchen, diese Tia. Ich hob den Kopf und sah ihr in die Augen. „Es tut mir wirklich sehr, sehr leid, dass ich die Schuhe gestohlen habe. Ich habe nur ... Ich wollte das eigentlich gar nicht. Das war ein dummer Fehler von mir.“

Dann bezahlte der Trainer die Schuhe. Er hielt mich fest und flüsterte: „Wenn du das noch mal tust, steck ich dich in meinen Kofferraum.“

Ich schaute ihm ins Gesicht und sah dieses breite Lächeln mit dem abgebrochenen Zahn.

Fortsetzung folgt

1. **Der Trainer findet heraus, dass Ghost die Schuhe gestohlen hat. Woher weiß der Trainer das?**
   a) **Nummeriere die Sätze in der richtigen Reihenfolge.**
   b) **Ergänze das fehlende Wort.**

☐ Er sieht einen Zettel im Schaufenster hängen.

☐ Der Trainer fährt zum Sportgeschäft.

☐ Dort möchte er die neuen Trikots abholen.

☐ Auf dem Zettel ist ein Junge zu sehen.

Darunter steht: ______________________________

2. **Jetzt erzählt auch der Trainer sein Geheimnis.**
   a) **Markiere die Stelle im Text.**
   b) **Der Trainer erzählt auch von seinem Vater. Was erzählt er? Streiche die falschen Angaben durch.**

Der Vater des Trainers war süchtig / nicht süchtig nach Drogen. Das sind giftige Stoffe, die schädlich sind. Der Vater ist gesund geblieben / daran gestorben.

   c) **Schreibe das Geheimnis in eigenen Worten auf.**

____

____

____

____

____

3. Der Trainer will von Ghost wissen, warum er die Schuhe gestohlen hat. Kreuze passende Aussagen an.

Ghost wünscht sich neue Laufschuhe, weil

☐ er so sein möchte wie die anderen.
☐ er cool aussehen möchte.
☐ er nicht mehr ausgelacht werden möchte.

Ghost möchte seine Mutter nicht um Geld bitten, weil

☐ sie ihm neue Schuhe nicht erlauben würde.
☐ sie so schwer für das Geld arbeiten muss.
☐ sie dann an einer anderen Stelle sparen muss.

Ghost will den Trainer nicht fragen, weil

☐ der Trainer zu beschäftigt ist.
☐ er denkt, dass der Trainer ihn nicht verstehen würde.
☐ Ghost nicht erwartet, dass er ihm hilft.

4. Der Trainer sagt etwas Wichtiges zu Ghost. Was?

a) Die Antwort ist nicht ganz zu sehen. Schreibe sie richtig auf.

Du musst erkennen, wer du sein willst.

____

____

b) Was meint er damit? Kreuze passende Aussagen an.

Man muss wissen,

☐ welche Ziele man hat.
☐ wie man heißt.
☐ welchen Beruf man lernen möchte.
☐ wie man zu anderen Menschen sein will.

5. Ghost hat die Laufschuhe gestohlen.
Wie soll der Diebstahl wiedergutgemacht werden?
Vervollständige die Liste.

1.

2.

3.

6. Was kann jemand noch machen, wenn sie oder er einen Diebstahl bereut? Schreibe zwei Tipps auf.

1.

2.

7. Ghost schlägt einen Mitschüler. Er stiehlt Schuhe.
Aber der Trainer hält weiter zu ihm.
Was meint ihr dazu? Sprecht darüber.

Kapitel 11:
Das Rennen

Audio

Und dann war Samstag. Der Tag des Rennens. Das erste Wettrennen meines Lebens. Ich stand früh auf. Ich weiß nicht, worüber ich mich mehr gefreut hab – darüber, dass ich mein erstes Rennen für meine Mannschaft lief. Oder dass meine Mutter dabei war und zuschaute.

Der Trainer hatte mir am Vortag dann doch mein Trikot gegeben, nachdem wir im Sportgeschäft waren. Er hat gesagt, dass ich es mir verdient hätte. Und dass er hofft, mich nicht noch mal so raushauen zu müssen.

„Dann erzähle ich es deiner Mutter und werfe dich aus der Mannschaft." Ich kapierte, was er meinte. Voll und ganz. Und ich nahm mir vor, nie wieder so was Dummes zu tun. Wenigstens wollte ich es versuchen.

Normalerweise ziehe ich mich im Wohnzimmer an, aber ich wollte Mom überraschen. Ich hätte mich auch im Bad anziehen können, aber das ist viel zu klein. Deshalb hab ich was getan, was ich sonst nie tu. Ich hab mich in meinem Zimmer angezogen. Ich stand in der Mitte des Raums, die Tür war weit offen, und zog meine Shorts an. Und dann das Trikot. Ich hab auf mein Bett geschaut. Die gleiche Decke. Das gleiche Kissen. Alles war so wie in jener Nacht. Aber ich bekam keine Angst. Ich holte einfach tief Luft und sah die Bilder von dieser Nacht wie Blitzlichter. Meine Mutter, *blitz,* die Bettdecke, die von mir weggerissen wird, *blitz,* der Flur, *blitz,* die Pistole, *blitz*. Und dann hab ich auf den Boden geschaut. *Blitz.*

Dort standen meine Silberblitze und haben auf mich gewartet. Und auf einmal fühlte ich mich ganz anders. Ich war ein Defender.

Ich hörte meine Tante mit meinem Cousin [Kusäng] reinkommen. Sie schrie sofort los, dass sie zu spät wären, weil sie noch ein Schild gebastelt hätten, das sie bei meinem Rennen hochhalten wollten.

„Castle!", rief meine Mutter aus dem Wohnzimmer. „Lass uns gehen!"

Ich kam aus dem Bad und meine Mutter wäre fast umgekippt.
„Sieh dich nur an“, hat Mom gesagt und mich umarmt. Dann nahm sie ihre Handtasche. „Wir müssen los.“
Wir rannten die Straße runter zur Haltestelle und sahen den Bus noch wegfahren.
Aber das war nicht schlimm. Ich war den Weg schon so oft gelaufen und ich hab gewusst, dass es nur 15 Minuten dauerte. Also sagte ich zu ihnen, dass sie mir folgen sollten. Dann ist mir eingefallen, dass ich noch einen kurzen Halt einlegen musste. Und zwar im Laden von Mr. Charles. Als wir zu dem Laden kamen, bat ich Mom, meine Tante und meinen Cousin, kurz auf mich zu warten.

Ich schob die Tür auf und da war Mr. Charles.
„Castle! Wie geht’s dir, mein junger Freund?“, hat er gesagt.
„Heute ist mein erstes Rennen und ich wollte Ihnen mein Trikot zeigen.“ Dabei konnte ich meine Begeisterung nicht verbergen.
Er lächelte und nahm einen Beutel Sonnenblumenkerne von der Wand. „Dann nimm die, damit sie dir Glück bringen.“
„Danke, Mr. Charles. Ich sage Ihnen dann, wie das Rennen gelaufen ist“, hab ich gesagt und ihm die Hand gegeben.
„Ja, ja, bitte mach das, Sohn“, sagte er und drückte meine Hand. „Und jetzt ab mit dir. Wenn du zu spät kommst, kannst du nicht gewinnen!“

Nach vier oder fünf Minuten erreichten meine Mutter, meine Tante, mein Cousin und ich den Park. Schon von der Straße konnte man viele Stimmen hören. Die Trainer ließen ihre Teams Aufwärmübungen machen. Dann hab ich meine Gruppe entdeckt.

„Ghost!“, rief eine Stimme hinter mir. Es war Sunny. „Sunny! Was geht, Alter?“ Wir haben unsere Fäuste aneinander geboxt. „Das sind meine Mutter und meine Tante und mein Cousin.“ Sunny hat allen die Hand gegeben und dann gesagt, dass ich mit ihm zum Aufwärmen kommen soll. Meine Familie stellte sich am Zaun auf, wo auch die Eltern der anderen standen. Als Sunny und ich zu den anderen kamen, schauten mich alle an. Alle bemerkten mein Trikot. Und die Silberblitze. Ich trug meine Sachen. Ich war ein Defender. Ich war bereit. „Okay“, hat der Trainer gesagt. „Ich habe hier die Liste. Lu, du nimmst die 200 Meter und die 100 Meter.“ Ich hab versucht, nicht enttäuscht zu sein. „Und du, Ghost“, hat der Trainer da gesagt und zu mir geschaut. „Denkst du, dass du die 100 Meter schaffst?“ Ich konnte nur nicken. Ich war dabei!

Wir gingen zusammen zur Aschenbahn und warteten auf unsere Rennen. Alle waren total aufgekratzt und hüpften herum, um locker zu bleiben. Ich rannte zu meiner Mutter, die meine Sonnenblumenkerne in ihre Handtasche gesteckt hatte. Sie reichte mir den Beutel mit den Sonnenblumenkernen, dann hat sie mich gepackt und umarmt. Schon wieder.

„Ich bin so stolz auf dich“, hat sie gesagt. Dann hielt sie mich fest, bevor ich mich losreißen konnte, und fügte hinzu: „Ghost.“ Sie musste gehört haben, wie Sunny das zu mir gesagt hatte. Jetzt kannte sie den Namen, den ich mir selbst gegeben hatte. Und er schien ihr zu gefallen, denn sie lächelte fröhlich.

Zurück bei den Defenders habe ich auf mein Rennen gewartet. Auf meine Chance. Ich konnte in Ruhe neben der Bahn sitzen und zuschauen, wie so ein Wettrennen ablief.

Dann – und das hat mich komplett unvorbereitet erwischt – hörte ich einen Pistolenschuss, der das Signal zum Losrennen gab. Ich hab mich schon ein bisschen komisch dabei gefühlt. Aber wer auch immer das Signal erfunden hatte, hat schon richtig kapiert, dass man bei einem Pistolenschuss automatisch losrennt.

Und dann kam der 100-Meter-Lauf.

„Lu, Ghost“, rief der Trainer. „Seid ihr bereit?“

Lu und ich sind auf die Bahn und runter zum Startpunkt gelaufen.

Alle Läufer aus den verschiedenen Teams klatschten sich ab und da sah ich ... *ihn*. Das konnte nicht sein.

Er – ein Läufer? Er? Brandon? Er stand da auf Bahn acht und ist für eine Mannschaft gerannt, die sich die Bolts nannte. Er hat mich im gleichen Moment gesehen wie ich ihn und er sah auch total entsetzt aus.

„Du rennst?“, sagte ich und ging zu ihm. Brandon war ein Läufer?

„Du rennst?“, gab er zurück und grinste.

„Klar tut er das“, hat Lu hinter mir gesagt und seine Hand auf meine Schulter gelegt. „Er ist sogar richtig, richtig schnell“, hat er gesagt. Dann hat er mich zu sich hergezogen und mein Genick umfasst.

„Es gibt nur dich und mich“, sagte er und holte mich damit aus meinem Brandon-Albtraum wieder zurück in die Gegenwart.

Ich war auf Bahn sechs, Lu auf Bahn eins. Ich bückte mich, zog die Schnürsenkel meiner Silberschuhe auf und band sie wieder zu. Ich schaute zur Seite, wo die Defenders saßen. Der Trainer hat geklatscht und ein stolzes Grinsen im Gesicht gehabt. Sunny hat gejubelt. Und Patty hat mir zugenickt. Und da war meine Mutter, die mich mit feuchten Augen ansah. Sie hat gewinkt. Und ich konnte nur an diese eine Nacht vor drei Jahren denken, in der wir beide den Flur entlanggerannt waren.

„Achtung!“, sagte der Starter.

Ich ging in die Hocke, stemmte meine Füße gegen den Startblock und verlagerte mein Gewicht auf meine Arme. Ich schloss die Augen. Ich dachte daran, wie wir zur Tür gerannt waren. Wie wir um unser Leben rannten.

„Fertig!“, sagte der Starter. Po in die Höhe. Herzklopfen. Atmen. Atmen. Atmen. Stille. Es. Geht. Los. Und dann …

PENG!

Ende

1. **Ghost zieht sich für das Rennen um.**
   a) **Wo zieht er sich um? Kreuze an.**

Ghost zieht sich im Wohnzimmer um.

- ☐ Ja, denn dort zieht er sich immer um. **SR**
- ☐ Nein, denn er möchte seine Mutter überraschen. **SP**

Er zieht sich im Badezimmer um.

- ☐ Ja, denn dort kann er abschließen. **RU**
- ☐ Nein, denn das Bad ist zu klein. **RI**

Er zieht sich in seinem Zimmer um.

- ☐ Ja, denn er hat keine Angst mehr. **NT**
- ☐ Nein, denn er will sein Zimmer nie wieder betreten. **ND**

Er zieht sich erst auf dem Sportplatz um.

- ☐ Ja, denn er macht das immer so. **EN**
- ☐ Nein, er geht im Trikot zum Rennen. **ER**

b) **Wenn du die richtigen Sätze angekreuzt hast, erhältst du ein Lösungswort.**

Ghost ist besonders auf der Kurzstrecke gut.

Er ist ein ☐☐☐☐☐☐☐☐.

2. Ghost will sich nicht an die Nacht erinnern, als seine Mutter und er vor seinem Vater geflüchtet sind. Jetzt geht er in sein Zimmer. Aber die Erinnerungen erscheinen wie Blitzlichter.

a) Woran muss er denken?
Schreibe in die Gedankenblasen.

b) Zuletzt sieht Ghost auf den Boden. Was sieht er dort?
Schreibe auf.

die 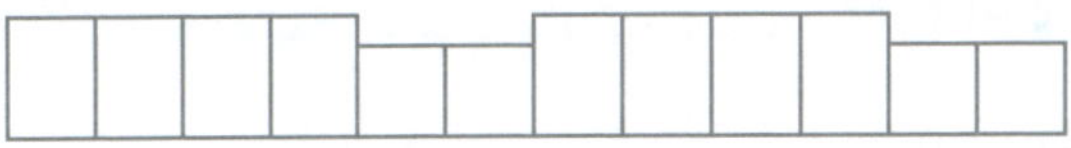

3. Einige Menschen sind sehr stolz auf Ghost. Warum?
Verbinde die Satzteile passend.

Die Mutter ist stolz auf Ghost, weil	er nicht mehr vor Problemen wegrennt.
Mr. Charles ist stolz auf ihn, weil	er nachmittags zum Training geht.
Der Trainer ist stolz auf Ghost, weil	er nicht mehr die Schule schwänzt.

4. Das Buch **Ghost** hat der Autor **Jason Reynolds** [Dschäisen Räinolds] geschrieben.

a) Lies den Sachtext oder höre ihn dir an. Audio

Über den Autor

Jason Reynolds wurde am 6. Dezember **1983** in **Amerika** geboren. Seine Mutter arbeitete als **Förderschullehrerin.** Jason Reynolds **schreibt Jugendbücher**. In seinen Geschichten geht es oft um Probleme und Wünsche von Jugendlichen oder um Politik. Dabei schreibt er auch von seinen eigenen Erfahrungen. Zur Geschichte von Ghost gibt es drei weitere Bücher. Reynolds hat viele Preise gewonnen, auch in Deutschland.

b) Was erfährst du im Text? Beantworte die Fragen.

- Wie heißt der Autor? ______________________
- Wo ist er geboren? ______________________
- Wie alt ist er heute? ______________________
- Welchen Beruf hatte seine Mutter?

____

c) Wie heißen die weiteren drei Bände der Buchreihe? Informiere dich im Internet. Schreibe die Titel auf.

____

5. Seht euch noch einmal das Buchcover an. Passt das Bild zum Buch? Sprecht darüber.

Haltepunkt: gemeinsam arbeiten

1. Ihr habt das Buch **Ghost** gelesen.
Was meint ihr, wie geht es weiter für Ghost?
Wie verläuft das Rennen? Wer gewinnt es?
   a) Überlegt euch ein Ende.
   b) Schreibt das Ende oder gestaltet etwas dazu.
   Ihr könnt:
   - einen Comic oder eine Situation zeichnen
   - eine Collage mit passenden Bildern gestalten
   - einen Artikel für eure Schülerzeitung schreiben
   - die Geschichte als Podcast (Audio-Datei) aufnehmen
   - eine Fotostory mit passenden Fotos gestalten

   c) Stellt euch gegenseitig eure Ergebnisse vor.

2. Ghost hat die Geschichte aus seiner Sicht erzählt.
Erzählt nun selbst eine Situation aus der Sicht einer anderen Person.
   a) Wählt eine Person und eine Situation aus. Kreuzt an.

☐ **Mr. Charles** – Ghost und seine Mutter flüchten in seinen Laden. Er versteckt sie in seinem Lager und ruft die Polizei an.

☐ **Trainer** – Ghost sieht beim ersten Training zu und läuft um die Wette mit Lu. Der Trainer möchte ihn in seiner Mannschaft haben.

☐ **Lu** – Beim ersten richtigen Training kommt ein fremder Junge und läuft mit ihm um die Wette.

☐ **Patty** – Im chinesischen Restaurant erzählt Patty ihr Geheimnis und sie hört die Geschichte von Ghost.

b) Überlegt gemeinsam und macht euch Notizen.

- Was passiert in der Situation?
- Welche Gefühle hat eure Person dabei?

c) Schreibt nun eure Geschichte auf. Ihr könnt sie auch mündlich erzählen und als Podcast (Audio-Datei) aufnehmen. Denkt daran, in der Ich-Form zu erzählen.

!

Eine Geschichte in der Ich-Form erzählen

- Stellt zuerst eure Person vor. Wer seid ihr?
- Schildert dann die äußere Situation, wo eure Geschichte spielt. Wie sieht es dort aus?
- Dann könnt ihr erzählen. Was passiert zuerst? Was danach? Wie endet die Situation?
- Denkt daran, in der Ich-Form zu erzählen.

d) Präsentiert eure Geschichte den anderen.

3. In der Geschichte von Ghost geht es auch um Armut.
   a) Ghost und seine Mutter haben nicht viel Geld. Woran erkennt ihr das? Schreibt auf.

   b) In vielen Ländern gibt es Kinder, die von Armut betroffen sind. Erstellt ein Plakat.
   - Wählt ein Land aus (zum Beispiel Deutschland, Amerika ...).
   - Sammelt Informationen zum Thema.

   c) Präsentiert euer Plakat den anderen.

4. Manche Menschen setzen sich für andere, die nicht viel Geld haben, ein.
   a) Der Trainer gehört auch dazu. Was macht er? Schreibt auf.

   b) Was kann man noch gegen Armut tun? Sammelt gemeinsam Ideen.

Patina

Du hast das Buch Ghost gelesen. Hier kannst du den Anfang vom zweiten Buch lesen, das Patina heißt.

In diesem Buch erzählt Patina aus ihrer Sicht die Geschichte weiter. Sie erzählt auch, was beim ersten Rennen passiert ist. Und wer gewonnen hat.

Vor dem Rennen stand ich mit den anderen an der Seitenlinie. Wir klatschten und feuerten Ghost und Lu an. Beide stellten sich an der Startlinie auf. Natürlich erst, nachdem sie miteinander geflüstert hatten, als wäre außer ihnen niemand sonst auf der Laufbahn. Schon lustig. Bei ihrer ersten Begegnung hatten sie sich nur fies angestarrt. Und nun sind sie zu besten Kumpels geworden. Richtige Blutsbrüder, Ghost und Lu.

Erst dachte ich, dass alles perfekt ist. Als wäre Ghost genau dann losgelaufen, als der Startschuss erklang. Als hätte Ghost gewusst, dass er kommt. Als hätte er ihn in sich drin spüren können oder so. Aber den zweiten Schuss hörte er nicht. Na ja, das stimmt so nicht ganz. Natürlich hat er ihn gehört. Es war ja ein irre lauter Knall. Unmöglich, den nicht zu hören. Aber Ghost wusste eben nicht, dass dieser Schuss bedeutete, dass er zu früh aufgesprungen war und einen Fehlstart hingelegt hatte.

Einen Fehlstart gibt es beim Laufen eigentlich nicht. Denn das klingt so, als hätte man den Start verschlafen. Dabei ist doch genau das Gegenteil der Fall. Man hat den Start nicht verschlafen, sondern man ist zum falschen Zeitpunkt gestartet. Zu früh nämlich. Deshalb sollte es eigentlich Frühstart heißen, finde ich. Das wäre viel logischer. Ich meine, es war sein erstes Rennen, deshalb hatte Ghost keine Ahnung, dass der zweite Schuss das Zeichen für ihn war, stehen zu bleiben und zurückzugehen. Ghost rannte die gesamten hundert Meter. Und er merkte nicht, dass die Leute ihn nicht anfeuerten. Sie riefen ihm zu, endlich anzuhalten und zurück zur Startlinie zu gehen. An der Ziellinie riss er dann die Arme hoch. Er drehte sich mit einem riesenbreiten Grinsen zu uns um. Dann merkte er, dass sämtliche anderen Läufer immer noch oben auf ihren Bahnen standen. Er schaute zu den Zuschauern hinüber. Alle lachten. Sie zeigten mit dem Finger auf ihn. Sie schüttelten die Köpfe, während Ghost seinen Kopf hängen ließ. Ich konnte erkennen, dass er am liebsten weggerannt wäre, aus dem Park und bis nach Hause. Der Trainer kam zu ihm und flüsterte ihm was ins Ohr. Ghost hob jedenfalls den Kopf und trottete zurück zur Linie, wo Lu schon wartete und ihn abklatschte. Ghost war ganz außer Atem, aber ihm blieb keine Zeit, um sich auszuruhen. Er musste zurück an seinen Startplatz. Er musste sich bereit machen, um die ganze Strecke noch mal zu rennen.

Wieder hielt der Startmann die Pistole in die Luft. Wieder schlug mein Magen einen Purzelbaum. Wieder drückte der Mann den Abzug. Wieder der Knall. *Bumm!* Und Ghost rannte los. Wieder. Der Typ jagte los und raste wieder die Bahn entlang. Ghost rannte noch schneller diesmal und seine silbernen Schuhe leuchteten wie Funken.

Erstes Rennen. Erster Platz.
Und das nach einem Fehlstart.